なんよう文庫

月や、あらん

崎山多美

SAKIYAMA Tami

インパクト出版会

月や、あらん
目次

月や、あらん

「わが友、大空君、君は存在していた、そして、わが友、広場君、君はいまだかつて存在したことはなかった……
わが友、月君、残念ながら君はもはや月ではない、しかし、月という名で呼ばれているにすぎぬ君を、僕があいかわらず月そのものとしているのは、おそらく僕の怠慢のせいであろう……」

（フランツ・カフカ「酔っぱらいとの対話」）池内紀訳

丑《うし》三つ刻の空から

まだ寒いというほどにはならない十月中旬の夜。そろそろ丑《うし》三つ刻になる頃だ。さえざえと冴えわたる目の始末にすっかり困りはて、よせばよかったのに、ついわたしはベランダへ出てしまった。ひんやりという程度の風が頬をさすってゆく。見上げた東の空に、灰色の丸いモノをわたしは見た。すぐに、あ、月、と思ったのだけれど、今夜の月なら、ホラあそこ、あの夜空の片隅で、月であることを恥じるようにふるふると青じろい光を震わせているではないか。なんとも頼りなげな残光だ。月ではないと思われるそのモノは冬の夜空をひそかに遊覧する飛行船、というのでもないようだった。

月でも飛行船でもないらしい灰色の丸いモノは、ビルの谷間を扇状に伸びてゆくほの暗い空の尾っぽに、ぽぉっとかかっている。なにやらあやしげなふぜい。心惹かれるのでベランダから首を伸ばせるだけ伸ばし、夜起《ユーゥ》キーの過ぎた目を一杯に見開いてじっと見つめた。ソレは、横揺れになる。ほの暗い中空をくらりくらりと飛び交い、静かにしずかに下降してくる。と、つつつと垂れかかり、溶ける、と見るや、泥状にしなだれ危うい仕草で隣家の三角屋根の縁にしがみつくではないか。

喉の奥でカタイものが詰まる感じが起こった。思わず身を乗り出し、屋根の縁にしがみつく影をこちらもベランダ縁にしがみつき見守る体勢になった。するとソレは、屋根の縁にしなだれた格好から一瞬身をくねらせるようにして震える、と思うと、なんと、ヒトの声を発したのだった。

――えータイ、手《ティ》ー出《ン》ぢやせー。

閑とした夜のしじまを突如として渡る、奇ッ怪な声の響き。

不躾だ。拒絶するまも憤慨するまもない。あいよ、とわたしは意外にもかるく開いた喉からうす闇の空へ向け高らかに応答の声を発し、直ッすぐに左手を差し出してしまっていた。ぷにゅにゅっ、と柔らかく冷たい感触が人差し指の先に当った。手の甲に吸い付き伝ってくるゴム毬ようのものが足元に転がってき、ポぉんとバウンドして、弾けた。淡く渦を巻くうす紫の霧状のものが一面にたちこめる、と感じたのはものの一瞬。ぷっ、ぷぁーっ、と立ち上がる赤ぐろい影が、眼前で、輪郭も鮮やかにこんもりとした像を定着させたのだった。

中空では、灰色に揺れる丸いモノ、と見えたソレは、全体が濃緑黄赤褐色まぜこぜの泥土にまみれた丸太のような、自らで動く物体なのだった。薬缶《やかん》大の頭部にあおあおとしたツル草のようなものを冠状にグルグル巻きにしている。土気色のチャンチャンコを木綿の丸襟シャツの上からふわっと引っ掛け、手と足と、赤く濁って光る目玉を、二つずつ、持つ。丸太ン棒に取って付けたというようなそれらを、ぐねぐねとくねらせたり振ったりするのは、まちがいない、生きモノのサマだ。

突如として夜中のベランダに立ちこめる異様な夜気の襲来に、慌てふためき、おたおたと部屋へ入りこもうとするそのスキ、つつつっと従いてくる泥土の丸太ン棒が、あららっ、先廻りするではないか。サッシ戸を背に立ちすくむわたしの目の向こう、部屋のほぼ真ン中からこちら向きに立ちはだかり、丸太ン棒は、いる。

真正面で見つめ合う格好になった。意外にも視界には透明感があって、ソレとのキョリ感にも正常な遠近法が働いていているようす。見ることから逃れられず、わたしは、ただソレを見つめている。瞼がひきつるほどに。

ヒトの声でヒトのコトバを発していたから、ヒトなのであろうかこのモノは。が、ヒトというには余りにも奇態な風体のヤカラなのだった。たとえるなら、海の藻にからみつかれた二本足立ちのカジキ、或いはヤマザルとヤママヤーのマンチャー、あえてヒトであるというのなら、大人になるのを拒んだワラビングァか胴体の縮んだ枯れガレのアッパ、といったところ。背丈はわたしの胸のあたりにチブルが位置する。剥きだしの腕と足はてらてらと光る明るい褐色。目につく体毛はなし。そんな異形のヤカラが、赤くすりなした頬っぺをおもむろに突き出し、下駄のような顔面からヤママヤーの目玉でまじまじとわたしを見上げているのだった。と、すぼんだ口を歪め、にやっと笑う。ひやっとこちらは肝を冷やす。が、一心に冷静を装う。このような得体知れずのヤカラにはむやみに反応せぬがましつつ、と言い聞かせる。ほんの少し身の危険を感じもしたので。

更なる観察のていで、ちょいと胸を反り、どでカボチャを思わせる不細工なチブルを眺めやる構えをしてみせた。するとヤカラは、ほっつきだすではないか。ネジ巻き仕掛けの人形のサマで、ぎく、ぎく、しゃく、ぎくしゃく、ぎくぎくぎくしゃくしゃく、ぎくしゃくしゃく………。意味を奪われたまま未来永劫に渡って挙行される、世界の闇間にさまよう影の儀式のよう。

わたしとて、何をどう思うことができよう。夜の中空から突如湧き出たと思うや、見る者の視界をかきまぜんとばかりにむやみなジグザグ運動をつづけるヤカラを眼前に、ボーとサッシ戸に背中を張りつけているだけ。精《シー》ヌげたそんな状態のままにも、しかしわたしは、ひそかに一途な決意をしたのだった。ともかくもここは事態をさりげなく受容せねばと。もしここで、わたしがコトを荒だて、今頃は夢の陶酔境で安眠をむさぼっているだろうおめでたき隣人たちを、アッタに叩き起こし、大わらわを演じて空気をかき乱す等の行動に出た揚句、コトの実態を究明しようなどと考えたりしようもなら、得体知れずのこのヤカラはとたんに動きを止めてしまう。どころか、瞬時に雲散霧消してしまう。そんなことになったら、わたしは取り返しのつかないムザンな思いに苛まれる気がする。この世に生きてあるかぎりの時間をもんもんとした思いの中で過ごす羽目に陥る。そんな気がしてならない。とつぜん湧き起こった強迫感にとらわれた。

じわりとまたも眩暈が。咄嗟に、両手人差し指で両のこめかみを抑える。まじないのように。意外にも効果あり。どんよりとした重い膜が目の隅にゆっくり退散していき、意識に透明感が戻ってくる。今度はいやにさえざえとさえなった意識で、わたしは、またもこんな決意をしてみるのだ。こうなったからには、この異形のヤカラの此の世への登場となりゆきを、この目でしかと見とどけてやらねば。とはいえ、未聞未見の怪事件を、何と名付けよう。わたしのひねった首はずっと元に戻せぬまま。デキゴトの予断めいたひと言、思い当るふし、ふいと脳裏をかすめるイメージの片も、像をむすばない。はるかなる記憶の風景——遠い波音、東風のそよぎ、夕日に染まる白砂、シマ影の孤独、野鳥の鳴き声、子供たちの叫び、老人たちのとめどもないおしゃべり、井戸端でたむろする女たちの高笑い——といったものの気配さえ、このモノの登場は無惨にも剥ぎ取ってしまうのだ。

陰影を脱色させた心象風景の、なんと、茫漠たる寂しさよ。

しらじらと拡散するしろい空間にすっぽりと囲まれた。肌を凍らせるものにひやりとなって、大きく目を見開くと、しろい空洞の中心に一点の闇の穴が………。

仮宿の本当の住人について

ここは、地方都市の郊外に建つ古錆びたうす茶色の四階建てアパート。その最上階北側隅にあるワンルーム。

まったく、狭苦しいばかりの乱雑な空間である。でも、ま、これでも、収入の乏しい女ひとり身の気ままな暮らしであってみれば、分相応というもの。これ以上の物件を望むのは身の程知らずと思っている。仕事場までの通勤時間は市内バスに乗り込んだあとはどんなに渋滞をきわめていても二十分程度。市を見下ろす高台にあるので、窓を開けると青い海が眼下に広がるというほどではないにしろ、かなりの見晴らしの良さ。何をさしおいても、この空間にこうして閉じこもってしまえば、野ざらしの雨つゆはしのげる。世間や近くて遠い親類縁者、同僚やたんなる知人らの煩わしいだけの視線、重っ苦しい干渉のたぐいからは、一時的にであれ逃れられる。気兼ねなく好きな体勢で時間が許すかぎりはゴロゴロしていられる。賃貸しているとはいえ、誰に、何を言われようと言われまいと、ここは、わたしだけの隠れ家、わたしだけの城、なのだ。

じつはこの場所は、もともとの住人であったわたしの女友達《イナグドゥシ》が、共同生活のために相手の男が手に入れてくれたらしい新築マンションへ越していったあと、不動産へ登録する名義をそのままにゴマカし又貸ししてくれた物件で、敷金礼金不要、アパート賃は本来の五割引きをイナグドゥシの銀行口座に月々振り込めばよい、という大負けこのうえない好条件のワンルームであった。こんな都合のいい保証がいつまでもつのか、たいへん心もとない事情が背景に横たわる居住空間ではあったが、元来がわたしは、我が身の将来とか老後の暮らしとかにたいする不安というのを、過剰に、いや人並みにも抱かない。それにわたしは、イナグドゥシよりはまだすこうしだけ若くて四十の大台に乗るには数ヶ月ばかりの余裕があるし。イナグドゥシの思いやりのおかげで当面やっていくだけの目算もついたし。

この就職氷河期の折、競争率五九倍の難関を突破して採用してもらった、市役所広報課の嘱託の仕事は、ほそぼそとした収入ではあるけれど、こちらが身の程を弁えて労働条件などの不満を訴えさえしなければ、書類上の手続きに便宜を図って来期も雇ってやると、囁き声で口約束をしてくれた上司のお役人的心遣いのもと、もうしばらくは首をつなげていられそうだし。

考えてみると、あれもこれも他人の好意に寄りかかったうえで初めて成立する、違法ぎりぎりの線で提供された、仮りの宿りのはかなき保証、といったものではあった。

半年前の、週末の夜半過ぎだった。

いつもの癖で座椅子に腰掛け、トゥルバッていた。卓上机左手横で、蛍光灯に反射し濡れそぼったようなみずいろに光る電話器へ視線を落とした瞬間、ベルが鳴った。取り上げた受話器から、低いけれど奇妙に明瞭なハスキーヴォイスが耳の中へなだれこんできたのだった。

——あ、アタシよ、あのさ、そろそろねアタシ、一人きりでやっていくの、つらくなったんだよね、どうしようもなくさ……。

と声は、ととんとてんと薄いベニヤの板壁を叩いて隣人に合図を送り、所在を知らせる、というひそやかさで切り出しておいて、深い溜息でこちらの耳をくすぐるようにしたあと、突然トーンを崩し一気にこうつづけたのだった。

——ねぇ、聞いてよアナタ、アタシさ、ちょっとした縁があって男と共同生活っていうのをすることにしたのよね。結婚するとか籍をどうこうするとか、しち面倒な手続きは一切なし、ってことでさ。でね、驚くじゃないの、その相手っていうのが、アタシより七つも年下の銀行マンっていうんだからびっくりだよね。あ、とにかくさ、今アタシはそういう心持ちになってしまっているわけ。なんだかんだ言ったってアタシもう四十の大台乗っちゃったし、っていう今更ながらの人生の選択、らしくないよってアナタは不満がるかもしれないけど、でも、何を言っても、もう遅いんだよね決めたんだからアタシ。

で、ね、相談というかお願いというか、どうしてもアナタに聞いてもらいたい話があるのよね。というのはさ、今アタシの手元に、どうあっても捨てておくわけにはいかない〈仕事上の引き継ぎ〉ってのがあって、そのことがどうしても心にひっかかって、アタシの人生の再出発に暗い影を落としてしまっているわけ、こういうの、アタシとてもつらいし、というか、そういうのに目を瞑ってしまえないアタシの性格、アナタならよぉく知ってるわよねえ（吐息にたっぷりと湿り気がこもった。）でね、手っ取り早い話がその〈仕事上の引き継ぎ〉をアナタに引き継いでもらおうってこと。あ、まさかアナタ断ったりしないわよね、そんな、アナタが困っている友人を情容赦なく見捨ててしまうような、そんな薄情なヒトじゃないってこと、アタシ、よぉく知ってるんだからぁ、それにアタシ、他にこんなこと頼めるヒトだれもいないんだからぁ、アナタ以外はだぁれもさぁ……。

というような、すぐさま腑に落ちるというわけにはゆかない話を、十年来の女友達《イナグドゥシ》高見沢了子が突然告げてきたのだった。

そんなことをいきなり言われても、わたしは、彼女のイナグドゥシだと自認しているとはいえ、職場の同僚、というのでも、同業者、というのでもなかったから、仕事上のうんぬんと言われると、びっくりというか寝耳に水というか、青天のヘキレキではあったのだ。そうではあったのだが、なによ、仕事上って、あんたの仕事がなんでこのわたしに関係があるのよ、とかいう短気な物言いなどは一切せずに、だんまりの一点張りで話を聴いた。なにしろ一方的な感じがあったから。

我がイナグドゥシ高見沢了子は、ヨソ向けにはちょっと構えた律儀な装いをするけれど、私的な場面になると突然、律儀な装いを裏切り軽口を叩く。声質そのものは低く、特に威圧感のあるしゃべり方をするというのでもないけれど、いったん口を開くと、どうにでもひととおりのいきさつを語りきらねば気が済まぬ、話の途中で相手の口挟みは一切受け付けぬ、という押しの強い気迫をこめてしまう。それで、聞いている方は何をどう言われていても黙って聞き続けるほかはない。あの夜のあの話の調子も、いつもの彼女なりのしゃべりパターンではあった。

聴きつづけていると、そのとどんとてんは、だんだんにぼやけた膨らみを帯びていき、ウォウォン、ウォウォンウォン、となっていった。そのうち、短く切れて流れだし、シャシャッ、シャッシャカ、シャカシャカシャカ……と歯切れのいいリズムを奏ではじめたのだった。そのあたりからであったろう、声が遠くから寄せてくるうねりの波となって、話の内容そのものはどこかへ零れだしてしまったのは。薄暗いジャズ喫茶の片隅で陣取り、空間を満たしていくスィングのリズムにすっかり身をあずけているときの、神経を溶かすような揺れに知らずまにわたしは誘われていた。そうやってわたしは、唐突で不思議なイナグドゥシの声を無防備な体勢で耳に流しつづけていたのだった。

あの声は、じつをいえば、今わたしの部屋でみずいろに光るこの電話器から、あの時はここではない別の場所にいたわたしへ掛けられたもの、というちょっとねじれたいきさつをもつ声ではあった。


自己を世間にアピールすべくだれもがふつうは手にしようとする、確固たる所属集団、家柄、見栄のある学歴、売り物になる特技やら人目をひく身体的美点の類を、これといって持ち合わせていないわたしが唯一手にすることができたものが、ひとつあった。短大卒業後に通信教育で取得した司書の資格だった。あの頃はまだそれなりに需要のあったその資格を頼りに、わたしは、あちこちの地域の公民館や市町村が管轄する子供向け移動図書館を転々とし、日々の食い扶持にしていた。

十三年前のあの日も、市の中心区にある公民館で小学生相手に本を貸し出し、返却注文のカード処理作業に振り回される一日が、やがて終わろうとしていた五時前だった。子供たちが放り出してあった童話や絵本をかき集めながら帰り支度をしていたわたしに、ヌッと大きなひと影が覆い被さってきたのだった。

——ねぇ、これ、アナタんとこで、何冊か購入するってわけにはゆかない？

よく通る響きのいい声と同時に、目の下に本が三冊突き出された。鼻を突くインクの匂いがプンとし、茶、グリーン、臙脂色のインパクトのある帯が目に飛び込んだ。デザイン文字の並びに心地いい印象を覚えたが、文字を読む余裕はなかった。三冊とも子供向けでないのはひと目で判り、すぐには応答できず、口を半開きにぽかんとした顔で見上げていると、相手は、あ、と言って肩掛けのバッグをさぐり名刺を取り出した。差し出されたそれに目を落とすと、横書き二行で、編集工房〈ミドゥンミッチャイ〉／編集部員高見沢了子、と書かれた文字を読むことができた。

ミドゥンミッチャイ、何語だろう。それにこのヒト、ここらへんの者とはなんとなくふぜいが異なる。いよいよ応答の言葉に詰まったが、とにかく、本を作る商売をするやつが商品を売り込むために現れたことは判った。

——こういう名前の出版社をね、立ち上げたばかりなの。これ、アタシんとこから初めて出す本の見本、発刊は半年後なんだけど、今予約受付中ってわけ。自分で言うのなんなのだけど、なかなかイー本よ、本を相手にしているアナタならひと目で判るわよね、イー本かそうじゃないかってことくらい。判ったらさ、ねぇアナタ、上司にうんと宣伝して掛け合ってみてくれない、そうしてくれるととても有難いんだけど、もちろん三冊全部じゃなくてもいいのよ、一冊だけでも。ね、ほら、買ってソンはないイー本よ、まちがいなし。はい、予約割引ちゃんと付けといたから。これ、注文書、ここにサイン入れて後で郵送してくれるだけでいいんだけど。

一気にそう言ってみせた相手を、わたしは、ふーんと言葉を失ったまま見上げていた。こんな強引な本の売り込みは初めてだったから。

市町村管轄の児童図書館に購入する図書の選択は、文科省や学校推薦書を中心に読者にアンケート調査し、こちらから版元へ注文をいれる。送りつけられてきた新刊案内書から条件に合ったものを担当職員たちが選別し、上司に許可印をもらう、というのがふつうのやり方なのだ。それに、営業の相手をするのはわたしのような下っぱの臨時司書などではない。それでも、イー本よイー本よ、と押しまくられ、やり取りの途中でまだそこらへんにもそもそとしていた子供から、ネー、おネーさん、あのほんわー、とせっつかれるドサクサに、分かりましたいちおうお預かりします、と言うと、とたんに高見沢了子はきらきらした目をほろっと緩ませたのだ。

――ワ、嬉しい、イーヒトねアナタ、話が判るわ。じゃ、これ、本代の振り込み用紙。よろしくぅ、ありがとー、また来るわー、アナタほんとにイーヒトねー。

早口に、イーヒトねー、をくり返し放り投げ、見本の本を抱きかかえ背を向けていた。え、そういうことではなくて、預かるということだけで、というわたしの声は手を振りながら翻った背高の身に押し返された。目の下に、一枚の振り込み用紙が、しんと残った。

あれが、我がイナグドゥシ、高見沢了子との出会いであった。結局、あの三冊の本はわたしが個人的に引き取ることになったのだったが。


ミドゥンミッチャイ、が女三人《ミドゥンミッチャイ》であることを知ったのは、高見沢了子と二度目の対面をすることになったときだ。彼女は、注文の本をわざわざ手渡すため、わたしの仕事のひける直前に現れ、その日、なんとなくコーヒーにつき合わされたのだった。

四年は勤めたという都心の広告会社をバブルがはじけた十年後くらいに辞めて、彼女がここにやって来てから、女三名のメンバーで立ち上げた編集工房〈ミドゥンミッチャイ〉は、三年保てば老舗の仲間入りができると皮肉られるこの地方の業界としては珍しく、順調に業績を伸ばし十三年はつづいた。それを、いったいどんな心境の変化でか、男との共同生活を機に編集業からはすっかり手を引く、と宣言し、高見沢了子は周りの未練の目をヨソに元の仕事仲間ともあっさりと縁を切ってしまった、というのだ。

あの日、とつぜんイナグドゥシから持ちかけられた〈仕事上の引き継ぎ〉というのを、とりあえず承知することとの交換条件として当てがわれたのが、この仮の宿り、というわけだった。交換条件の抗しがたい魅力についほだされ、わかった、引き受けていいよそれ、とノーテンキに嬉々とした声さえ発して、本当のところは何もわかってはおらぬ話をかかるーと請負ってしまったのだ。明日にでも引越しができるよう部屋は空にしておいたから、という彼女の誘いに乗って、その翌々日、わたしは、ダンボール四個に納まってしまった荷物とともにすでに元の住人のいなくなっていたこの部屋に転がり込んだのだった。

ところが、〈仕事上の引き継ぎ〉に関する具体的な話は、引っ越しが無事済んでお互いが新しい居住空間に落着いた頃にする、とあの日の夜電話の終わりに告げて以来、なぜだかイナグドゥシからの連絡は、こない。その席でパートナーを紹介してくれるはずだった食事会の案内も、こない。

おかげでこちらの方は、彼女の越した先の所番地、電話番号、元同僚、パートナーの名前や居場所、等の一切の情報が断たれた。こちらから連絡の取りようがなくなって、すでに半年が経つ。別口の仕事を求めて都心に戻ったという情報も入ってこない。もうしばらく待っていればそのうち何らかの応答があるだろう、というあちら任せの考えもあてどないものになった。夜のひとりきりの時間になると、きまって色濃くもやりだす不安の霧にわたしは閉じこめられてしまう。もしかイナグドゥシは、突発的な事件事故に見舞われあらぬ危険に身をさらされているのかも、という想像がふとした瞬間に頭をよぎらぬのでもない。だが、そんな根拠なしの発想でもって深刻顔に警察や探偵事務所などに駆けこむ、という行動に出るまでにはいたっていない。

だいいち、コトあるたびに、人並み外れた対応をしてしまうのがつねで、まわりの誰からも、テンネンだ、トボケだ、救いがたいトゥルバヤーだ、と指弾されつづけるこのわたしとはちがって、かの、我がイナグドゥシは、ぜんぜん別のタイプ。

気まぐれに誘われてショッピングをするというときなど、一緒に歩くと、チビでヤセのわたしを名のごとく高見から見下ろす、すらりとした体格の持ち主だ。気が向けば、おおいにサービス精神を発揮し芝居っ気たっぷりにおどけてみせては、このわたしを腹がよじれるほどに笑いこけさせることもあったりで、けっこうミーハーなところもあるのだけれど、その実は、かなり慎重でまじめな理論家。あの出会い以来、わたしとは親密ともいえるつきあいをする仲になった十年くらいの間、低迷つづきで、どうやって生き延びているのだか傍目からはその仕組みが見えてこぬこの地方の出版界において、他のメンバーを主導し、奇抜かつ柔軟なる企画で質量ともに定評のある出版物を世に送り出してきた。地方の業界にはなんとももったいない手腕の持ち主だと隠れた評判さえある、カリスマ的といってもいいような女性編集者であったから、トボケでトゥルバヤーのわたしの身にならいざ知らず、不用意な気のゆるみや粗忽さが招く事件事故のたぐいと我がイナグドゥシほど不似合いな取り合わせもない、といっていいくらいのものなのだ。としても、その確信じたいが、待てど暮らせど連絡なしの状態がつづくイナグドゥシへの黒い霧の不安感を、かきたてるモトとなってしまうのであった。

指折り数えてみるとさ、アタシ、ここに、十三年以上も住んだことになるよねぇ、と溜息まじりにイナグドゥシが言ったこの1DKも、入れ替わって二週間目くらいには、新しい居住空間への違和感もすっかり消えていた。本当に、すっかりだ。お古だけどさ遠慮なく使ってよね、とその殆どを残してくれた家具類のどこもかもに今はわたしの手垢がこってりとこびりついてしまっている。最近では、この場所に住みつづけていたのは、イナグドゥシなんかではなくて、このわたしではないか、というなんとも都合のいい気分にひたっている自分に気付くことがあったりで、わたしというのはまあそんなふうで、三九年と数ヶ月もの年月を生きてきて、それなりに食べるための苦労もし、ひとり身とはいえ人生の酸いも苦いも味わい、人並みといえば人並みな体験をしてきたというのに、幾つになってもぼけっとしたテンネン、つまりトゥルバヤーと言われるタチの女なのだ。

ときに、とてつもなく手ごわい鬼の意志にとっつかまえられ身の始末にほとほと困りはてる、という事態に陥ることもあるのだけれど、つねはボーとトゥルバったまま。で、気がつくと、アッタなる行為に走ったあげく、我にもあらぬトンデもない境地にはまりこみ我が身をさらなる崖っぷちにみずから追いやる、ということも、まま、ある。

残されたモノたち

闇の手にふと小突かれた。崖っぷちからあちらを見やるような気分で顔を起こした。なんとなくうながされ、どう首を巡らせても身を移す間などない窮屈なばかりの六畳間を、ちょいと移動する。

サッシ戸の真向かい。壁一面に立て掛けられた書棚の前。

日常的に取り出すことのない本たちを、押しこめたままにしてある書棚には紺のしぼりの暖簾を掛けてある。埃っぽいそれを払うと、現れたのは、紙のカタマリたち。仕切りの枠のなかに、三重四重縦横斜め裏表ゴテゴテに詰めこまれ、天井ぎりぎり壁一杯八段仕切りに積み重ねられたそれらの冊数をわたしは数えてみたことはない。必要もなかったから。今ざっと目算するに、文庫を含め、たぶん八、九千冊ちょっと、というところか。

もともとこれらは、かのイナグドゥシが、編集工房〈ミドゥンミッチャイ〉から一ヶ月に三～五冊くらいの割で出しつづけた本と、資料本を含めこの部屋で保管していた全てを、そっくりそのままわたしが譲り受けたものだった。これなんかはさ、これからアナタが生きてくのにもタメになるはずよきっと、と言って新刊本が出るたびに送ってくれたり直接手渡してくれたりしたものをも含む。それで、ダブッているのがかなりの数あって、それもかさばりの原因ではあったのだ。

進呈されたものの多くは、わたしが主婦業をすることにでもなれば本当にタメになりそうな、「一日百円以下、寝起きがしら八分でＯＫ弁当レシピ」「五年でマンションの頭金をヘソくる家計術」とかいうのを始めに「一〇〇歳までゆうゆう青春　夢のシマの生活ルポ」「南のパラダイス体験記」「海底に沈んだ幻の帝国」とかのキャッチコピーで、一見ウソ八百を並べたてたもののようでいて意外や、実用的価値や生きがい再発見ロマン探訪の効用が認められ、ベストセラーのランクインを果たした際物のたぐい。高見沢了子の言い分によればこれらは、経営上必要な企画にすぎず、〈ミドゥンミッチャイ〉がたっぷり十年以上もの年月をかけてものしたのは、「シマの戦時記録」だった。これは、県国外までフィールド調査を広げた献身的な研究者らの協力のもと、匿名の人々の戦時体験聞き取り項目が詳細をきわめた硬派の野心作だった。企画の完成時には、忘却された記憶の声ごえを拾ったという文言の評価を受け、地元新聞社の出版文化賞などを獲得したりもした。『イクサ世、それぞれの闘い』と題された十二巻シリーズ本だ。

ほか、エネルギッシュなフリーライターやジャーナリストの手になる人間ドキュメント、奇人変人で一世を風靡した名物芸人たちの、実際にはただの凡人であったらしいもの寂しい生活の側面を描きだした人生の軌跡まで。なぜだか芸術臭文学臭のある企画はさりげなく避けられ、とにかく、あれもこれもいっしょくた、ぎゅうぎゅう詰めに押しこめられるだけ押しこめてある。

こいつらをさ、煮て食うのも焼いて食うのもアナタの勝手よ、どうぞお気に召すままに、などとあの晩の電話でイナグドゥシはのたまったのだった。

そんなことを言われても、こいつらは煮たからって食えるもんでなし、焼いてしまえば煙と化すばかりのシロモノでしかないので、煮ても焼いてもどうしようもないものではあるが、仮の宿りとはいえ我が居住空間を占拠し、ふてぶてしくそそり立った位置から日夜わたしを見下ろす厚い壁を見やるたび、いいかげんどうにかしなければ今にこちらの方がこいつらにがっぷりと食われてしまいかねない、とふとした不安がよぎったりはする。だが面倒が先に立ち、引っ越してから手をつけることができず放ったらかしのまま。ただでさえ窮屈な部屋をいっそう窮屈に陰気にしている張本人どもだ。

あのさ、あなたの部屋の壁にべったり積み上げてあるってあなたがいつも零していた、あの本たちも、みーんな置いてくっていうの。思わず露骨に迷惑声でこぼしたわたしへ、イナグドゥシは電話の向こうから平然と言ったのだった。

そう、置いてくのよ、残らずみーんなね、そうするつもりだけど何か問題ある？　アタシさ、もう編集業なんかとは今後一切縁を切ろうと決めたんだからさ、いらないんだなこいつら。手元に置いても邪魔なだけだし、今のアタシには無用の長物ってわけよ。それにさ、こんなやつらをいつまでも側に置いとくと、未練たらたらしくって、過去の栄光だか影だかを引きずって生きているみたいで、いやだし。で、みーんな置いてくの、そっくりそのまんま。そうすることに決めたからさ、これからはこいつらのことアタシだと思って大切にしてよね、アナタがさ。

そんなことを言ったあと、たしかイナグドゥシは、詰まった喉を無理にふるわすような、くくく、という低い笑いを立てたのだった。

突然呼びこまれる、あの晩の会話の余韻がわたしをおびやかす。眠りは一刻一刻わたしから遠ざかっていく。ひえびえと張りつめる神経の一部にきしみ音が走った。硬質に粘っこいものに身をからめとられ不自由感に立ちすくんでいると、後首筋から背中へ向けての表皮を、他人の乾いた手にガサガサと掻きむしられるような感触が断続的にわたしを襲った。不愉快このうえもない。不快感に責め立てられた。その場所へとなだれこんでゆく体の揺らぎを、わたしは止めることができない。

隅の書棚に掛かった紺のしぼりの暖簾を、手づかみに引っ張り落とした。

白煙が頭上を舞う。

引っ越して以来一度も払ったことのない、埃のお見舞いだ。咳きこみ、目や口に入りこむ粉を払いつつ鼻をつくカビ臭に頭ごと突っこむようにし、上下左右に壁に張り付いた書棚を見渡した。お互いが無愛想にソッポを向きながらも押しあいへしあい、ぎゅうぎゅう詰めになったそれらの中へ伸びていったわたしの右手が摑み取った、一冊。

重い。ズンとした手応えが胸のあたりに響く。モノクロのグラデーションにすっぽり包まれた、厚さ五、六センチのハードカバー。横書き白抜きの太文字で、自叙伝、とある。

これは、ここに引っ越してきた直後、編集工房〈ミドゥンミッチャイ〉最後の出版物として、イナグドゥシからわたしの元に届けられた本だった。謹呈＊＊＊殿。ミドゥンミッチャイ十三年間の思いの丈をこめた企画です。これが、ホントにホントの最後の一冊なので、あなたが大事にして下さい。と書かれたメモが出てきた。まぎれもない高見沢了子の筆跡だ。引っ越しのドサクサにまぎれ、打っちゃっておいたまま手に取ってみることも開いてみることもなかった。

オモテ表紙に、なぜだか黒枠で囲われたカーリーヘアーの女の顔写真が、セピア風にぼかされてプリントされている。ぼかしが入っているせいで、ちょっと見では若いのだか老いているのだか分からない。黄色人だか黒人だか白人だか、果ては西アジアあたりの人だかその混血だか、見当のつかぬ顔だ。こってりとした黒枠の顔写真は遺影のおもむきがあって、いやじっさいこれは仏壇に飾られてあった遺影ではないかと思わせる、霊気というか妖気のようなものが漂っている。顔は左斜め向き、無表情。ごわごわの髪はまっしろに光っている。染めたものなのか白髪そのものなのか、色がない。いくらか丸みのある顔の中の大きな黒目が、そこだけ浮きあがる。

異様といえば異様なそんな装丁から受ける「雰囲気」が心にひっかかったが、そのふぜいも含め、それぞれが相当に個性的であったらしい女性三名の同志で、地方の出版界を十三年も走りつづけた〈ミドゥンミッチャイ〉最後の思いのたけをこめた企画、というにふさわしい気迫を感じさせるものではあった。

表紙の写真に漂う濃い霊気を払うようにして、本の表や裏や背表紙を眺めまわした。どうしたわけか、表にも裏にも背にも、著者名が記されていない。帯もない。奥付をひっくり返した。発行所〈ミドゥンミッチャイ〉、編集責任者（代表として我が女友達の名前）、発行年月日（二〇××年＊月末日）、はまちがいなく明記されている。が、ここにも著者名は、見当らない。不良品？　としても、どうもヘンな本である。

とにかくページをめくった。

目に飛びこんだのは、淡く透きとおった明るいカラーの世界。表紙の重い雰囲気を一蹴する、胸のすく爽やかさだ。クリーム色の線を点描のようにぼかし斜めに走らせた、うすグリーンの和紙が挟みこまれていた。ふと風になびく砂糖黍の穂の波に煽がれる気分になった。なんとなく目を閉じ、しばしその光景に浸った。穂のそよぎに誘い込まれるようになって目を開け、次のページをめくった。

と、ぺらりとしたものに顔面を撫でつけられた。見ると、目の下が、まっしろ。白紙だ。次を捲った。また白紙。なにも、ない。写真や絵どころか文字の一文字も、一本の線も、一点の染みも。次のページも、次もその次も、次も次も次も……だ。これは、ただの見本用？　それとも、なにも書かれていない本、とシャレてみた？　こんなのが〈ミドゥンミッチャイ〉最後の思いをこめた本、というにはいくらなんでも。いったい、これは……。ヤバイ。強烈なトゥルバリの症状がわたしを襲う。世界の穴蔵へまっさかさまに落ちかけ、いかん、とわたしは激しく首を振る。こうなると、空白なのは『自叙伝』の中味かわたし自身の脳髄か。

しろい空白感のなか、眠りに見捨てられた身に巻きつく、うっすらと冷たい寂蓼感があった。しめりを帯びた情緒の澱が、ひとにぎり、ゆらりと浮上する。ゆらぎゆらぎ、皮膚の表面を撫でるようにめぐりだす。体表をまんべんなくめぐり、手先首筋足裏へと散ってゆく、と感じられたそれが、今度は、しくしくと音を立てて体の芯の方へと降りてくる。湿った情緒が絶えまなくみぞおちあたりに降りつづける。つらい。上半身をひとひねりする。情緒の澱は一瞬散りかけるが、すぐにまたしくしくとなる。

光の層がいちまい波を打った。

背後の気配に、ひやっとして振り向いた。例のヤカラだ。まんじりともせずにわたしを見上げている。ずっとそこにいたのだ。

あれやこれやの間も一向に眼前から消えやらぬ、丸太ン棒のヤカラ。ひとつ大きく息を吐いた。相手の目線に気圧されぬよう、わたしもまっすぐにヤカラを見つめ返す。特別な反応はなし。愛嬌のある四角い顔に居座ったような澄んだ瞳が、しんとなって、こちらに向けられているだけ。

いくばくかの時の間――。

つと、わたしを揺さぶるものの訪れがあった。胸元をゆるく刺激する既視感だ。ヤカラの身を蝕む言うにいわれぬ怪事件を、実はわたしはすでに共有していたのかもしれぬ、という不思議な感慨に包まれた。忘却の彼方へ追いやられていた見知らぬ土地への郷愁をさぐってみるというように、ゆらっゆらっと首を揺らしてみる。荒野をさまよう漂泊者の茫漠とした気分に陥る。

憶い出してみると、こんなことが、あるにはあった。

たしかあれは、いつぞやの少し肌寒くなりかけた夜半時。

突然の電話で、わたしは、救急病院の当直看護師から呼び出されたのだった。意識不明の状態で運び込まれた患者が、あなたの名前を口にしている。持ち物からあなたのらしい名前の入った電話番号が見つかったので連絡してみたと。すぐに、それはヒト違いでしょ、と思ったのだけど、とにかく来てほしい、とせっつかれてわけが分からぬままにアパートを飛び出した。意識がないのに名前を呼ばれる程の仲の者と言われると、わたしに思い当たるのはひとりしかいない。ヒト違いでないなら一体何がどうしたというのだ、と洗い髪を乾かす間もなくナースセンターに駆け込んだ。看護師に案内された処置室のベッドに来てみると、そこで青い顔をして眠っている高見沢了子を見たのだった。なぜかだらりとした喪服姿で。

看護師の説明によると、その日の午後九時過ぎ、海岸近くにある波之城という公園のベンチで倒れていぃる彼女をデート中のカップルが発見し、病院に運びこまれたが、ずっと意識が戻らない、ということだった。外傷のようなものはなく、検査の結果とくに病巣も見つからないので、何かのひどいショックで心神耗弱の状態に陥っているのであろう、でもまぁ心臓にも脳波にも異常は見られないから心配することはないよ、しばらくすれば目が覚めるだろうからそうしたらすぐに連れて帰ってかまわないからね、と当直医はこともなげに言い、慌ただしく入れ替わる急患や看護師らの動きを見渡しながらこのベッドを少しでも早く空けてもらいたいねぇ、というように迷惑げな顔を露骨にみせたのだった。

だが、浅はかな医師の診断は裏切られ、あの後高見沢了子は、三日三晩ぴくりともせずにこんこんと眠りつづけたのだった。

翌日、処置室から一般病棟へ移された彼女を見舞いにやってきた〈ミドゥンミッチャイ〉の仲間二人は、眠りこける高見沢了子の寝顔を見下ろし、溜息をついてみせた。高見沢了子とのおしゃべりの中にときどき登場することはあっても、対面するのはその日が初めてだった〈ミドゥンミッチャイ〉のメンバーのうち、若めの、若めといっても三十半ば過ぎには見えるぽっちゃりとした方が、言った。

——だから、言ったんだよねー、いい加減にした方が身のためだってさ。ほーんとに、言い出したらヒトの言うことなんか聞く気が、全然ないんだからぁこのヒトは。

困った、というより相手をなじりつつもどこか甘えかかるような表情をむきだしに、ぷんと唇をとがらせた。その相棒の表情を、ちらりと見やり一瞬だけわたしの方を気遣うふうを見せたのは、眉の線がすっきりした小顔の瘦せた年上の女。組んでいた腕をほろりと解くと、片手を明るいカラーの入ったショートへアーへ持っていき、垂れかかる前髪を掻きあげつつ抑えた口調で言った。

——しょうが、ないって。

——なんで、しょうがないのよ。

こう切り出されて始まった、そのあとのふたりの会話。

——これが、このヒト流のやり方なんだし、がむしゃらにならなければ気が済まないっていうか……。

——メイワクなんだよね、そのやり方がサ。

どんな場面でも編集者仁義ってのを貫こうってわけなんだから、こっちは、手伝ってあげられない分、手をこまねいて見てるしかないってこと。

——なぁにが、編集者仁義よ、このヒトのやってることってサ、編集業務の進行を妨げてるだけじゃない、けっきょくのところ。

——そうなるのも、しょうがないって。

——だからさぁ、なぁんで、しょうがないでコトを片付けるんだよあんたは。このヒトの暴走止めるの、一番年増のあんたの役目だってば。

——そんなこと言われてもね。

——それをサ、黙って見てるってのは、二人して〈ミドゥンミッチャイ〉を潰そうって言うわけよね。

——……ま、こうなるのも、ひたすらイー本作るための彼女なりのやり方なんだって、許容してあげるのが、仲間の仁義だって言いたいだけよ。

——ジンギ、ね、〈ミドゥンミッチャイ〉はヤクザ同盟じゃないってばサ、本を作って売る商売をしてんの、われわれは。

——そりゃ、そう。

——気に入らないんだってば、その、ジンギだの仲間意識だのっていうの。

——仁義も仲間意識も、仕事をしていくうえでは必要な精神だって、思うよ。

——あのサ、〈ミドゥンミッチャイ〉は、地方の小規模出版社とはいえ、世界の巨大システムの網の目にガッチリ組みこまれて、ジタバタしながらもどうにかやっていくしかないんだからサ、今どき、そういう時代錯誤的つながり方、ちょっと問題あるんじゃないのぉ。

——問題というのは、地方の出版業界だけじゃなくて、いつの時代にもどんな場面においても、いろいろと起こるわけでね。

——ほんっと、問題だらけ、だーらけよ。

——ほんと、ほんと。

——いったいこのヒト、なに考えてんのかねえ、もうすぐ十年がかりの企画が日の目を見る予定だってのにサ。完成を引き伸ばすチャチばっか入れるの、仕事にしてサぁ、なぁにが聞き取りの取りこぼしを補うよ、いくらすご腕の仕事人だからってサ、一介の編集人でしかないくせに、ルポライターまがいのことまでしてぇ、あげくにサぁ、なぁによこのザマぁ……。

まぁまぁまぁ意識のないヒトを相手に内輪モメやってもねぇ、と興奮ぎみにキレだした若いのを、落ち着いた年増の方がなだめる形になった。やり取りの勢いに押され、見舞いの花束とケーキを押しつけられたままカーテンの壁に張り付いていたわたしのことは、もう目に入らないふうに、しばらく二人はそうやってやり合っていたのだった。

話が見えなかった。高見沢了子とは、夜の電話で気が向くままおしゃべりをし、一ヶ月に一、二度の割で酒を飲んだり飯を食ったり、目当ての公演やライブがあると連れ立ったり、ということはしていたのだけれど、仕事上の悩みについては聞いたことがなく、そういえば、最近ちょっと話の流れが不明瞭に途切れたり声に勢いが失せたりが、たびたびあった、と思うばかりで、仕事の行き詰まりかトラブルか、二人のやり取りとあの時の彼女の様子とのつながりには理解が届かなかった。眠りつづける高見沢了子を挟んでやり合う彼女たちの間に、わたしの入りこむすきはなかった。たったひとりの我がイナグドゥシとはいってみても、こんな時に露呈する関係のミゾはやはり寂しいと感じていた。

それなのに、顔を見るのも口を利くのもあの日が初めてだった二人から、口を揃えてそう言い渡された。目が覚めて、人並みに動けるようになるまで、あなたこのヒトの世話お願いね、あなたも知ってると思うけど、このヒト、都心からこの地方に漂流してきたヒトだからここに親類縁者のたぐいが誰もいないのよね、私たち、このヒトの分も片付けなければならない仕事、山積みでね、仕事の尻拭いを仲間に押しつけて、のほほんと眠りこけてるヒトの面倒、見てるヒマないの。

断る理由などなかった。わたしとてもこのイナグドゥシとは、親類縁者というのでもとくに義理があるというのでもなく、ただ偶然知り合ってなんとなく長々とつき合っているだけの関係でしかなかったのだが。

二人が帰ったあと、喪服の抜け殻と、どうしても、のほほんと寝ているというふうには見えなかった高見沢了子の憔悴した顔を眺めていた。深い森の中に迷いこみ、なぜ自分がそこにそうしているのか、どこへ行こうとしているかも判らずひとり佇んでいる。そんな重い気分に落ちこんでいた。

つなぎで始めていた古本屋の店番を、これ以上は休めないなぁと考えこんでいた三日目の午後、高見沢了子の意識は戻った。仮眠から目覚めた、という顔ですぐにふつうの動きをしてみせたが、わたしを見る視線はどこかあいまいで、なにやら気配が薄かった。いつものエネルギーを根こそぎにされたというような沈んだ彼女が、ずっと心に引っかかっていたが、あのあと、その出来事を話題にすることは何となくひかえたのだった。

ひどい乾きに襲われ、ぐらっと立ち上がった。

そこここに、ケ散らされヤマ散らかされた物々を、爪先で蹴りあげ踏みつけ、潰し、台所へ移動した。流し台横手の冷蔵庫を大開きにし、チブルごと突っこんだ。

つめてー。冷蔵庫なんだからそれはあたりまえ。目玉の動きだけで中を見渡す。千切られた明太子のパック、ゆでスパ麺の残り、卵二個しか食糧らしきものは見当たらない二段仕切りに、それだけ豪勢に買い置きされたオリオンビールの缶が十本、ぎゅぎゅっと押しこまれ、ひえひえの空洞を充たしている。三缶摑み取った。その場で開け、一気飲み。ぐびぐびぐびび……ふっふへぇー。息をつくや目の中がカァーッと火の海になる。酔いが急回転するもよう。アルコールの吸収が早すぎ。そういえば今日は朝からロクなものを口にしていない。よせばいいのに、いきなりのぼせあがったチブルをやみくもに振りかぶった。ますます、くららららぁー。その状態のまま、ほんの五、六歩あゆめば辿り着くヤマ散らかし放題の六畳の間に戻った。

アッパようのヤカラはまだそこにいる。

不細工なチブルをちょっと傾け、正座になって、こちらを見上げている。愛嬌のある目に思わずほころびそうになる口元を、わたしは引き締める。寝ても覚めてもトゥルバッていても、ビールをひっ掛けても、わたしを脅かすようにそこに居続けるアッパようのヤカラを前に、わたしは、ビール缶をガンと並べ、どかんとあぐらをかいた。アッタなるわたしの居直りの態度に、今度は相手の方がひるんだか、目の前に現れたイヤなものをちょいと避けるというように、ヤカラはふいとわたしから目を背ける。背けしな、わたしの右手に握られたオリオンビールの缶をちらと見流す。ゴクと唾を呑みこむ音。わたしはすかさず突っこみを入れる。

――あんた、これ、飲みたい？　そう、飲みたいのよねぇ。でも、ダメ。これはさ、あんたのじゃないからね。このビールはさ、わたしが汗水流して稼いだお金で仕入れたものなんだからね。ま、汗水流すったって、わたしの稼ぎなんてのはたいしたこたぁないんだけどさ。

酔いの勢いに乗って流れ出すものを、わたしは止めることができなくなる。

——この際だから、ちょっと打ち明け話をするんだけど、ついでだからさ、あんた聞いてよ。わたしってさ、ひとりきりで、あ、わたしがこの年までシングルでいるのは何もすき好んでそうしているわけじゃあないのよね、たまたま巡り合わせがそんな人生を選ばせてしまっている、というだけの話なんだけど。とにかくさ、わたしは、こうしてひとりきりで夜中にビールひっ掛けてトゥルバッテいるの、何よりの楽しみなのよねぇ、極上のっていうか唯一のっていうか、他に楽しみというものがぜんぜんないもんだからわたし。だからさ、せっかくこうして、あんたとわたしは神サマの引き合わせかなんかで奇跡的に出会えてるっていうのに、自己紹介さえしてくれないあんたなんかに、わたしの唯一の楽しみをタダでおすそ分けするわけにはゆかないんだよね。これってさぁ、些細なことかもしれないけど、とっても大切なことだって思うわけわたしは。ヒトとヒトが対等の関係でいるためにはさ、不要なおすそ分けやお情はかけぬがまし、ってことよ。でさぁ、わたしは、他人に情《ナサキ》かけるとか嫉妬《ニータリ》するとかのじめじめーとした感情は抱かないことにしているのよねぇ、そんなの心貧しいし生産性ないし、うっとうしいだけだし。ヒトはヒト、わたしはわたし、そういう以外ヒトの関係っていうのはラチの明かないもんだって思うわけ、だからさぁ……。

話がだんだんヘンな方向へ流れていくのは、しゃべり散らしつつもグイグイやっているうち、気がつくと三缶目を干してしまったビールのせい。止めどなく流れだすものに押し切られた。シラフではとてもやってられない打ち明け話を、ついなりゆき任せにやってしまった。

と、羞恥に声をうわずらせた一瞬のスキにつけこまれた。突如ヤカラは、わたしの手元からビール缶を奪い取るという暴挙に出たのだ。ナ、なにを、というまもなく、ポォンと流し台へ向け放り投げる。グキュッ、プシュッー、と缶が潰れ、泡が噴き散る。その音に加熱され、いよいよ燃えあがるチブルを激しくふりかぶった。どなりつける勢いで思わず大仰にふりあげた拳を、あららッ、半端に止めさせられ、ゴリゴリのヤカラの手先がつつつとわたしの腰を押し出した。

――あネッ、急《いす》じ、いすじ。

とわたしを押し出す。つつつつと押し出し、ヤマ散らかし放題の家具や小物たちにつっかかり、よけよけ、玄関先へ。はて、何を急ぐのだか。とにかく押し出され、玄関口を押し開けさせられ、つつつと階段を下りつづけた。

気がつくと、戸外へ。

編集工房〈ミドゥンミッチャイ〉

からんとなった真夜中の市街。

物の動く気配が遠かった。丑《うし》三つ時をとうに回った夜の道を歩いているはず、という意識はたしかにある。だが、時間の感覚はどこかおぼつかない。肩や手足を前後させ、ユサユサと滑稽に腰を横振りし移動しつづけるヤカラの動きには、アスファルト上を滑ってゆくような軽やかさがあった。その跡を従いていく。アルコールまみれの汗が皮膚の表面を噴き出す。冬の夜だというのに冷たい風の吹く気配が微塵もない。むしろ空気は澱み不快に蒸していた。だくだくと吹きだす汗の感覚は強くなっていくのに流れ出さず、表皮ににじむばかりなのだ。不快感を増幅させる首まわりのべとつきを拭おうとし、ふと気付いた。わたしの右脇腹に抱えられた『自叙伝』に。

どんな意識の流れでわたしの手足が動き、この本をこうして戸外にまで持ち運ぶことになったのか。憶い出せない。ほんのちょっと以前に起きた出来事の記憶が、たどれない。すぽっと穴《あ》いた記憶の洞《ほら》。そこに不安がなだれこむ。『自叙伝』を抱えた右腕に不自由感があった。丸っこい肩をいからせ、草冠のチブルをゆらしゆらし、先を行く影。コトバはもう吐かれない。いよいよ激しく手足を前後させヤカラはうす闇の中をもくもくと前進しつづける。その跡を、付かず離れずのキョリを保って走《ハ》へハへと追いつづけるわたしの動きこそがまるでヤカラの影ででもあるかのように、夜の市の路地へとねじれこんでゆくのだった。

本通りへ出る手前のある路地までやって来て、もくもくと全身運動をつづけていた案内人の影の移動が、止まった。

見上げたそこの暗がりに、カタカナばかりの縦書き文字が浮きあがった。編集工房〈ミドゥンミッチャイ〉の蛍光看板だ。闇の壁に寄りかかるようにねじれたはかなさで、灯の点ることのない看板文字はうす藍色に光り建物の縁にしがみついている。疾走するように回転しつづけた十年余もの営業の末、看板を降ろすと宣言し、そうしてしまった今もミドゥンミッチャイの看板はまだ掲げられたままなのだった。

今時の不況ですぐには借り手がつかないのだろう。ワンフロアが60坪程度には見える五階建テナントビル最上階にあった、ミドゥンミッチャイの事務所は、看板も外装も営業中のままにブラインドが半端に掛かっている。ガラス窓の向こうは真っ暗け。こんな時間帯だからどの階のフロアもふつう明りは消えているものではあるが。その外装に張り付く、湿っ気たカビを含んだ夜気のうごめきが、すさんで侘びしい。ヒトの出入りの絶えて久しいフロアの澱んだ空気が、どこからか漏れかかり、それが、外部からそこを見上げる者の身にも霧のように降ってくるのだった。

その方を見上げたままのわたしの横手で、ヤカラの影が、突如、跳ねた。ぴょぴょんと地上二〇センチ程にもその身を浮きあがらせたと思うや、着地するなり、くるるんっと不細工に腰を揺すり前進移動を始める。え、とまたわたしも足をもつれさせ、走《ハ》へハへ、となってヤカラの跡を追う。

入りこんだとたん、背後から濃い風の流れに煽られ、振り向いた。

すでにわたしは建物の内部へと入りこんでしまっているのに、外部と内部を隔てていたはずの扉を通り抜けた、という感覚が希薄なのだ。うす闇の空洞へ体ごと引きこまれた感じがある。入りこんだこちら側がまるで外部でもあるかのような、突き抜けた解放感が起こった。屋内灯が点されているのではない暗い建物の内部なのに不思議な透明感がある。暖色で濃いめのペンキが流されているふうなこってりとしたコンクリートの壁伝いに、歪みつつ伸びてゆく空間を一段ずつ昇っている。走へハへと動きつづけるうち、酔いは冷めてしまった。乾いた風の巡りに、何事かを、わたしは憶い出しかける。アルコールの抜けたチブルの中心でうごめく、記憶の破片。それを把えようとしてみるが、やはり、行き止まる。手足ばかりが動いている。ぴょぴょん、ぴょん、くるるるんっ、るんっ、と建物の内部階段を上ってゆくヤカラの影を、わたしはただ追いつづける。

目の先の影がひと跳びごとに少しずつ伸びているのに、気付いた。光源らしきものは見当らないので、光の作用でそう見えるというのでもないらしい。実際にヤカラの身体そのものが伸びているようなのだ。ぴょぴょんぴょん、のあとで、ひゅひゅいひゅいっ。揺れつつ跳びあがり、前進するごとにみるみる伸びつづけ、ヤカラの身の丈は四階の踊り場に辿り着いた時、わたしをゆうに越えるまでになった。丸太ン棒だったその身が、唐竹のよう。風になびく影が背後のわたしにしなだれかかってきては、ひゅひゅいっと立ち直り、ぴょぴょんと不安定に揺れつつ上昇運動をつづけているのだった。そして、唐竹の影は煙のように立ちのぼっていった。

うそ寒い郷愁にいきなり引きこまれる。

ヒトがやって来るのを今か今かと待ち佗びていたとでもいう、ねばつくような色濃い夜気の誘惑に戸惑ったまま、しばし佇む。どこからかうっすらとした灯りが差しこんだ。からんからんと音さえ響かせてきそうなフロアの寂しさに、胸を衝かれた。あまりにも荒涼とわびしい空間だった。そういえば、わたしは十年余のイナグドゥシとの付き合いの間にも、このミドゥンミッチャイを訪れる機会が一度もなかったことに思い当った。話題本を出しつづけ、華やかにこの地方のマスコミを賑わしていた女三人の仕事の現場を、わたしはこの目で目撃したことがなかったことに。本になったミドゥンミッチャイの仕事の結果が、我がイナグドゥシを通じて月々送られたり手渡されたりしただけだ。

今わたしの前に広がっているのは、使用済みのガラクタとして捨て置かれた、うす闇にもサビつきが判るコピー機、ファックス、電話機、スチール製の事務用デスク、大きめのテーブル、クッションの利いたソファにロッカーに書棚らが、無雑作に放り出されたフロアのわびしくもムザンな荒廃ぶりだ。

これらの機材の引き取り手を探す間さえなく、なぜ、ミドゥンミッチャイは突然解散しなければならなかったのか。ミドゥンミッチャイを全面的に率いてきた我がイナグドゥシの人生の方向転換が、本当に編集工房を閉める直接の理由であったなら、何もこんなに慌ただしく引上げることなどなかったはずなのに。いつのまにわたしの視界から消えうせてしまったヤカラの姿を、雑然と広がるフロアの中に探してみるというように、埃のたっぷりと溜まったテーブルや椅子に突っかかりながら、うろうろと歩いた。足がもつれる。一体、自分は何を探し回っているのだか。なぜこんな所をうろついているのだか。それに、ここは、本当はどこなのか。

音がない。

もつれる足を止めると、ヒト気のないフロアの静寂が身に染みた。ここは、本当は、アナタが来るべき場所じゃあないのよね。背後から、そーと忍んでくるハスキーヴォイスを聴いた気がして、振り向いた。振り向きしな、湯上がりのシャンプーの匂いに煽られた。そこに現れたヒト影。ヤカラでも高見沢了子でもなかった。

薄闇のなかで、意外な登場にも拘わらず、仄かな生活のにおいを送って来るきゃしゃな立ち姿が、わたしにあの女であることをすぐにも憶い出させた。元ミドゥンミッチャイのメンバー、年増の女だ。中背の痩せぎすの身にすっきりしたショートヘアを寒げに揺らめかせている。

こんな時間に、解散した元職場などになぜ、という不審感は湧く。いや不審がられているのはこちらの方かも、と咄嗟に思い返し様子を窺っていると、

——なんだ、あなただった、ってわけね。

程良い響きの膨らみのある声が、向こうから掛けられた。身構えていた気持が緩む。

女は扉の前で佇んでいた。肉付きの薄い身をふいっと浮かし何のひっかかりもなさそうに窓際に立つわたしの方へ、するっするっとやって来る。その動きとともに、うすぼんや

りとしたフロアの底から残骸ガラクタの塊が視野に迫《せ》りだしてきた。硬質に冷たい影の間を、女は、するっするっとやって来る。淡い色にひらめくジャケットをセーターの上から羽織り、緩めのスラックスにサンダルを突っ掛ける、といういでたち。肩にはなぜか大きいバッグが。気まぐれにその気になった真夜中の散歩がてらか、どこぞへの時間外訪問の道すがら、かつての仕事場の近くを通りかかりつい懐かしくなって足を向けてみた、とでもいう、ほこっと切り取られた日常の空気を女は運んでくる。

今にもほころんでしまいそうなうっすらとした笑みを口元に湛えている。あまりにもさりげないその風情が、逃げ場のない淵へとわたしを追い込むようだった。真近かにすると、女は身に染みついた疲労感を表情の薄い細面となで肩のラインに濃く漂わせていた。

——あなたも、呼ばれたってわけね、あのヒトに。

腑に落ちるような落ちぬようなことを言い放ち、女が、ほらと片手で持ち上げてみせたのは、わたしの方も釈然とはせぬままずっと抱え持っている、例の、『自叙伝』。思わず手元のものを突き出した。

——これってサー、どーゆーことぉーっ。

つい頓狂な声を上げた。相手に突っかかるようにもなって思わず身を乗り出している。

——ま、急かないで。これから、ウチにできるぎりぎりのモノをあなたに提供してあげる、そのために来たのウチは、ここに。

ダルくなるようなアクセントで自分のことを、ウチ、と言う女。言いつつ肩のものを床に下ろし、片手の『自叙伝』をその上に放った。細い身をさらに引き締めるようにして両脇を抱き、辺りを見渡す。大きく頷く。とつぜん、目の前に横倒しになっていたテーブルを起こしにかかった。いきなりな登場に、いきなりな行動。たじろいでいると、それとはない命令。

——あなたね、そんなとこで、ボーと突っ立ってればいいってもんじゃないでしょ、手伝うの。

あ、ハイ、と反応した途端、手の内の『自叙伝』が辷り落ちた。が、それはそのままに、あわてたまま、女が引き起こしにかかっているテーブルの四つ足の一本を、引っ張りあげようとすると、

——あー、あなたったら、そっちじゃなくてこっちこっち。あのね、そんなふうに乱暴

にしないの。これ、今じゃあすっかりくすんじゃってるけど、けっこう良い素材でね、高級品の類なんだから、キズ付けないようにしてよ。あーそうじゃないって、だからねこんなふうに足をすこうし浮かせるようにして、そーと、そうそう、そーとそーと……。

引っ越し屋の助手に雇われた気分だ。モノが高級だとかキズを付けないようにだとか、そんなことがこの期に及んで一体どんな意味を持つというのか。どうしてこのテーブルは移動させられるのか。なんでわたしはこんな作業を手伝わされるのか。わたしの疑問と不満は呑みこまれ、手足だけは勝手にせっせせっせと動いてしまう。いやな予感がだんだん膨らんでいく、そのうち二人してヨイショうんコラショ、と声を掛け合うことになった。仄明かりに白煙が舞いあがった。俄かにフロア全体が揺れに襲われ空間そのものがどこやらへズレこんでゆく感覚に陥る。

テーブルは、四人家族向け食卓程度の大きさ。材質の良さの分か、重い。それをフロアのほぼ中央にうんコラショよっコラショと運んで来、女は、ちょっと首を振った。テーブルを据える位置や角度を思案するふう。そこまで神経を使うのはなぜか、ただの性分か。窺うように目線を送っていると、女はパン、とひとつ手を打った。ま、こんなもんでいいか、と。その手を腰に当て、背を伸ばしながらまたぐるーとフロアを見渡す。その動きから、テーブルを挟んで立つわたしへコトバを放った。

——ねえあなた、ここ、もう少しどうにかしないこと。

——どう、にかって……。

——決まってるじゃないの、ソージよ、掃除。ねえやりましょう、かるーくね。ほら、ホコリって閉め切っていても、戸のスキをぬって入りこんで来るものなのねぇ、ねぇ見てよ、たっぷりとホコリ天国になってるじゃない。ここって、けっこう広めなんだけど、二人ならそれ程タイヘンってこともないと思うし。

——……。

——あ、決まりね、せっかくだし、ぜーんぶやりましょ。この際、過去のホコリは残らず払ってしまわなきゃ、何も始められやしない。

のだそうだ。

——たしか掃除用具は、ここのロッカーに……。

勝手知ったる元職場、というわけだった。このフロアに過去のホコリを溜めたのはわたしじゃあない、というわたしの声は呑み込まれる。

女の言動は突っ飛で戸惑わされるが、さりげない説得力があってコトが知らずに押し切られてゆく。入口カウンター右手壁際に立て掛けられたロッカーから、ごそごそガラガラと女が引っ張り出してきたのは、まぎれもない掃除のための道具類。なんと、大型のビル用掃除機が這い出てきた。棒状に突き出たものはモップの柄。ポリバケツが二つ。そのひとつに竹箒木が二本、ハタキが三本。もう一方のバケツを恐るおそる覗くと、こちこちと固まって放りこまれた数枚の雑巾にクリーンアップ洗剤が五種類も、ゴミ袋タワシの類まで。かるーくホコリを払うだけ、というわけにはいかなさそう、と怯えていると、突然フロア全体がまっ白になる。天井壁の蛍光灯が点灯された。がらんと荒れ果てたゴミだらけホコリだらけの広間に、無雑作に大道具小道具ガラクタのあれこれが晒しだされた。

——ホーラね、掃除に必要なものは、こうしてぜーんぶ揃ってるし。

——ホーンと、さーすが、女の館だっただけのことあるよね。皆さんは、出版業のかたわら女の裏ワザもきちんとこなしていた、ってわけなんだぁ。

つい乗せられて、わたしの方もそんな調子のいいことを口走っている。女はちょっと首をひねってみせた。

――うーん、それはどうだろう、仕事道具が揃っているってことと、仕事内容がこなされているってことは別だから。

――とはいっても、この道具たち、プロ並。

――そう、これはね、処分されずに残された我が社の財産のひとつってわけなの、単に経費節減のために揃えておいた道具よ。こんな小規模企業で、事務所の清掃を業者なんかに依頼していたら、日々の取り分を減らされる一方だったし、いわば、これも、賃金を手に入れるための大切な仕事のうちだった、ってことよ。

つまり女たちのシャドーワークが華やかな表舞台を支えていた、ということらしい。単なる経費節減のための道具を取り出して来たあたりから、不気味にも女はなにやら嬉々とした風情を帯びてきた。羽織っていたジャケットを脱ぎ捨て薄いVネックのセーターの袖をまくり上げた。早速労働をしかける体勢を作ると、わたしに目配せをする。傍らの者に有無を言わせずコトを進めていくやり方は、そっくり高見沢了子を思わせた。〈ミドゥンミッチャイ〉の女たちは日々仕事仲間としてやり合っているうち、お互いがお互いのやり方に感染していったもよう。この女が高見沢了子に比べてどこか陰の部分を濃く映すのは、五十近くには見える年齢のせいか。もともとがそういう性分か。そそとしながらも知らずにヒトの皮膚に吸い付いてなかなか離れようとしないヒルのネバつきに似た気配がある。くっきりと体の線を浮きあがらせるグレーのセーターが細い身をいっそう細く見せ、そそと女はフロアを動きまわるのだった。

窓を開け放つ。

澱みの底に沈んでいた空間に夜気がなだれこんだ。体をさらう外気につられ、思わずわたしも窓際へ寄って行った。いつのまに、女がどこやらから脚立を引っ張り出してくる。それに乗り上げ、女の動きに従いてわたしも窓という窓を開け放った。すぃーすぃーとフロアが呼吸を始めるのにわたしの手足もうずうずとそそめきだし、その気分の流れで、ハタキを手にした。開け放った窓枠をバタバタ……のあと、そのノリのままに女は掃除機を回し始める。わたしは掃除機の取り逃がしたゴミを竹箒で掃くことになった。

ハマってしまうと不思議な快感を伴う仕事であった。何のため、という意識もなくただひたすら竹箒を振る手足のゆれが、そのうちどうにも止められぬもののようになった。

竹箒木という、ときに魔法使いなどが乗り廻すこともあるらしい小道具には、なにやら不可思議な道具霊とでもいうべきモノが宿ることがあるのでもあろう。突然のなりゆきで開始されたこの労働の先にあるのは何なのかという思考は働かない。働いているのはせっせせっせとした手足の機械的反応だけ。

小一時間の後、労働の成果あって過去のゴミホコリはすっかり拭いさられた。

遺言集

さらざらとなったフロアを見渡すまもなく、年増女は、投げ置いたバッグを引っ張り上げて来る。取り出したのは、今どきは古道具屋かリサイクルショップでしか見つからない、大型のカセットプレーヤーと数本の録音テープ。大仰な身振りであの『自叙伝』を持ち上げ、それらをぴかぴかになったテーブルの上に並べた。女は、それがクセのように腕を組み、並べたモノをじっと見つめていたが、ふと言った。

——これは、高見沢了子が残していったものよ。たぶん、今あなたが知りたがっていることは、これを回してみれば、きっと、答えらしきものが返ってくるはずよ。

肝心なことを言いだす時に限ってカッタルい口調になるヒトだ。曖昧と強調の副詞用法が当然推量で結ばれてしまう。気を持たせるもの憂い話術のワナに絡めとられる予感がする。押し寄せるコトバの波で、あっというまにヒトの心を占拠してしまう高見沢了子の力ワザとは、そのへんはちょっと違う。身構えた。ゆらーりとしたコトバの網の目から、たぶん、きっと、わたしは逃れられないはず、と思わせられたから。

が、先手を打ってみた。

——その前に、教えて。

こちらだって少しは意気のあるところを見せておかなければ。ずるずると相手のワナに引きずりこまれるだけじゃあいやだ、とも思って。

——どうしてあなたは、わたしのことを何でも知ってるふうなの。わたしの知りたがっているのが何なのか、どうして、知ってるのよ。それに、どうしてあなたは、こんな時間にこんな所にやって来てこんなことをやっているわけ。

すると、ん、というように女が目をむく。

——あなたね、どうしてどうしてって、そんなにいっぺんに訊かれてもね、ウチだって、どおして、あなたはここにいるわけ、って訊き返すしかないわけよ。

そんな、皮膚の皮を凍らせたようなひややかーな表情で切り返されては。こういう場合、性格上いつものわたしはタジタジとなる場面だが、先の、あの奇態なるヤカラとのすったもんだが学習効果をもたらしたもよう。タジタジはタジタジでもそれなりの対応はできる。

――なんというか、なぜか来てしまったというか、うまく説明できないんだけど、夢の中のうつつのような、うつつの中の夢のような、夢の中の夢のような、っていうかなんというか……。

――そうでしょそうでしょ、それは、ね、ウチだって同じなの。ワケの判らない高見沢了子の世界に拉致されてアッというまに過ごしてしまった十三年。息つくヒマもなく活字の世界にどっぷり、気がつくと、ごらんのとおりの有様ってわけなんだから。いや、だからね、ウチが言いたいのは、どうしてなぜなぜホワァイ?っていう単純疑問形は、つき詰めれば、いづくんぞあらん、っていう反語表現に反転していくものだって言いたいだけ。ま、判りやすく言えば、答えなんかどこにもないってことよ。

んー。判りやすいような判りにくいような。ただ強引なだけのレトリックでもってこうやりこめられても。

——そう、答えなんかどこにもないってことよ。この、何もない、誰もいない、責任者にも連絡が取りようもないから、どうしようもない。ないない尽しで、あるのはガラクタと掃除道具ばかりのこのミドゥンミッチャイの状況を、ウチの手元に残されたぎりぎりのモノで、とりあえずの説明を試みてみようって、そう言ってるだけなのに、そうしつこく、どうしてなぜなぜって、知恵《ジンブン》の付き始めたワラビングァ《子ども》みたいに訊かれるとねー。

ワラビングァにされてしまった。やっぱり黙るしかない。で、黙った。つい口先を尖らし面膨《チラブッ》クーを作って。なんとなく白目で女を睨みつける表情になった。戸惑ってちょいと身を引いたのは女の方。

——そ、そうよね、こんなふうにいきなりウチから責められても、あなただって困るよねえそりゃあ、それはね、ウチだって、同じなの。

またもやそれらしき共感のそぶり。わたしは白目の表情を崩さない。すると、

——ま、前置きはこんなもんにして、本番、いきますか。

コケる程にあっさりと、女は話を切り替える。

カセットプレーヤーを取り出した。さりげなく手を伸ばし、骨っぽい人差し指で再生ボタンを押す。予めセットされてあったものらしい。カサーカサーとやりだす。ろくな案内も解説もないまま前評判ばかりがいやに騒々しい舞台公演を観る羽目になったときの、緊張とも不安ともつかぬ座りの悪い動揺が起こった。次の瞬間、追い込まれた気分をさらに揺すり上げる、低く囁くハスキーヴォイスがながれてきたのだった。

予め書いて置いた原稿にアドリブを加えつつ読み上げている、とも思えたテープの語り文体は、こんなふうに始められたのだった。

〜〜〜アタシが、ミドゥンミッチャイの同志としてこれまでのようにやってゆくことは、アタシ自身の諸事情により、どうやら時間切れ、ということのようである。それで、この声は、今のいままで、海のモノとも山のモノともつかぬアタシと、人生の特別な時間を共有してくれた我がドゥシンチャーへ、ささやかながら感謝の意を伝えるためのもの、である。とはいえこの声が、アタシの願い通り、ドゥシンチャーへ聴き届けられる日が来るのかどうか、残念ながらアタシ自身が確かめることは、できない。というのも、ミドゥンミッチャイ解散後の混乱でこのテープがゴミクズと化すやもしれぬし。また別の事情で、知らずにこのテープが抹消される可能性もなきにしもあらず、だし。或いはまたそれらの危惧をクリアし、幸いこの声が目当てのドゥシンチャーへ聴きとどけらるるも、語りの主旨が伝わることなく一笑に付さる可能性も大かと思われ、ゴミクズと化すも良し、一笑に付さるも良し、どう相成るとも全てはこのアタシの語りの負う運命とかんがえ、あとは、聴き手の、せんさいかつ寛容なる想像力にすべてを委ねるほかはなく、ただアタシは、止むにやまれぬ思いゆえ、この声をしたためるのみ〜〜〜。

こんな調子で続いた、四六分テープ三本分の声語りは、一言でいうなら、〈ミドゥンミッチャイ〉の企画として実現に向け話が進められながら日の目を見ずに終わった流産本たちへの、編集人高見沢了子の無念さが執着《しゅう》ねく口頭で綴られたものだった。

もともとが不可解なるイナグドゥシではあった。いつも一方的で、電話でも顔を合わせていても本当に仕事の話ばかりをしていた。本を作る話ばかりだ。編集だけでなく、ミドゥンミッチャイの何本もの企画が彼女のゴーストライターとしての才能が十二分に発揮されたものであることをわたしはよく知っていた。その高見沢了子が、止むにやまれず語り連ねたこれらの声々のうち、聴きつづける者の身をも同時に汚染してゆくような緊迫感のあるトーンの語りを、間接語りで、ここに。

数十枚の、それも選び抜かれたふうな取材写真を添えた、ノンフィクションのぶ厚い原稿がミドゥンミッチャイの工房に持ち込まれる、ということがあったらしい。『泥土の底から——あるハルモニの叫び』と副題の付いた、かなりの野心作だった。

そこでは、例えば、暗い森の奥でタカダカと上げられながら聴き届けられることのない孤独な夜鳥の叫び、とも、限界域で破裂し鋭く切れわたる横笛の音、とも聴こえ、耳にした途端、胸を刺す鋭いイタミを伴う、ピー、という音が、イタミと同時に、陰微な含み笑いをも誘って幾たびも発されていた、という。

その音が、実は、夜鳥の暗き声でも横笛の破裂音というのでもなく、声を奪われたまま闇の歴史に蹲る女たちの群をその身体の部位で象徴するコトバである、と知ったとき、発された音とともにこの身を貫いたイタミの尾が、瞬間、闇を裂いて爆発する女たちの奇怪な哄笑となって、ピーッ、ピポーッ、ビボぉぉぉーツ、と共鳴し、むきだしに破壊的な高笑いの連鎖でこの身が食い千切られる恐怖におののいた、とその衝撃をもろに受けた自らの身と心をも冷ややかに眺める調子で形容してみせたのは、他ならぬ語り手自身であった。フリーライターだと名乗る三十代半ばにしか見えなかった若い男が著者だった。色白の細面、切れた一重瞼、暗に知性をふりまく鼻にかかったしゃべりをする自己顕示ぶりと、苗字から、この地方産でないことが訊ねずとも知れる男だった。こんなヤツがなぜミドゥンミッチャイに現れるのだ、という不審と拒絶感は即座に起こった。都心から漂流してきた高見沢了子の立場を知ってか知らずか、事務的な話ぶりながらも相手の気持の揺れを見透かすような目線に、多少のムカつきを覚えもしたが、うら若い男の身空でよくも女の闇の歴史に踏み込むこんなおもいテーマを、今時なんて貴重なヤツ、という思い入れの方が勝った。それに、この手のものはやはり我がミドゥンミッチャイから、といういつもの気負いに後押しされ前向きに検討することを約束し、ずしりと手応えのある原稿と資料写真を預かった。

四〇〇字詰め原稿用紙にして九七八枚もあった『泥土の底から』は、あえてひと言で要約するなら、先の大戦中、この地に強制連行され戦後もこの土地で生き永らえたらしい、ある「従軍慰安婦」の隠蔽された人生の軌跡を、当の本人の語りで辿ったものだった。その語りを、精力的な取材と過不足なく引用された歴史資料で検証し、体験者自身の身から零れるコトバの毒が己の身をも痛めつづけるという容赦のない呟きと叫びが、歴史の暗部をえぐり出し、つまりは国家の暴力と戦争犯罪を体験者の語りで糾弾するよう仕組まれたスキのないドキュメント、という印象をまずは持った。ひさびさに出会った手応えのある仕事に高見沢了子は胸をときめかせさえした。

ところが、である。そのワープロ文章の流れに一気にのめりこんでいった高見沢了子の神経を、キュヒヒー、キュヒヒー、という音が引っ掻いた、というのだ。原稿をめくりだしほんの三ページに入る手前で、初めの音は起こった。文字を追う間中それは鳴りつづけ、そんなはずはない、と何度も首をふりかぶり打ち消す仕草をしてみたが、キュヒヒーは読みすすめる程にいよいよ大仰に膨らみキュヒャアヒャアとなったのだった。何度か読むのを投げかけやっと読み終えた時、高見沢了子は激しい耳鳴りと嘔吐に見舞われていた、という。

この、キュヒヒーについては多少の説明が必要かと。

これは、長年の編集者生活で高見沢了子が身に付けた文体即断ノイズであったそうな。ミドゥンミッチャイに持ち込まれる山の如き投稿を短時間で処理する必要から、高見沢了子はこの身体の反応を原稿を選り分ける基準としてきた。彼女をカリスマ編集者に仕立てることになったのはこの不思議な文体即断能力だったと、年増女が、テープの声の合間に急いで説明を加えてくれた。

その基準に照らしてみた場合、『泥土の――』の文章に反応したキュヒヒーは、「ホントっぽくウソぶく文体」に遭遇したときに起こる違和感だという。因みに、「ウソっぽくホントめく文体」はキュシシー、キュシーシー。ホントとウソが紙一重に溶け合った「ホントウソまぜこぜ文体」は、キュへー、キュへー、ヒョンシシー、というようなもので、文体から透ける空洞感が読み手の神経を刺激し、さらに、喉元から胃袋へかけての臓器を締めつけたり震動させたりする、というのだ。これらの身体反応は文字と文字の空洞に吹く隙間風の踊り具合を物語っており、とどのつまり編集者高見沢了子に原稿チェックの度合いを知らせる信号音、というわけなのだった。先の、キュヒヒーは、その中でも微妙かつ最大級の注意を促す合図で、ちょっと気を抜くと見逃してしまう危険度の高いノイズであった、らしい。

原稿を再読したとき、きしみ音の由来するところはより具体的になった。

『泥土の——』の場合、ノンフィクションとしてはつい立ち止まらせることなく読ませてしまう流麗にすぎる文体がむしろ違和感の元で、さらに言えば、頻繁に書きこまれる人物の実名と、体験者として著述中に登場し、直接話法で自身のムザンな体験を語る語り手当事者の口から、我が身を指す蔑称として発されたはずの、ピー、という文字コトバとの間に、ある種不快な不連続感が起こり、コトバの背後に潜むミゾを陰気に際立たせた。それが、キュヒヒー、キュヒャヒャア、という風の嗤う音となった、とテープから零れつづけるハスキーヴォイスは語った。

その、キュヒヒー、キュヒャヒャア、に徹底して拘ったことが、あの後、高見沢了子を編集人としては過剰な行動へと走らせ、最終的に〈ミドゥンミッチャイ〉存続の危機と崩壊を招いたというのだった。キュヒヒーに追い立てられるように、高見沢了子は、かつてピーであった、と己の恥部をみずからの舌先でえぐるように名乗りをあげ、国家暴力の犠牲者としてのムザンな人生をあえて語ったとされる人物に会うことを思いついた。そして実際にそうした、というのだ。

訪ね当ててみると、女は、意外にも身近かな場所に居て、市内の古い病院に長期入院中の身であった。すでに八十に手の届く年齢であったがまだ足腰は丈夫なその老女との対面を果たした瞬間、あのキュヒヒーが根拠のはっきりした信号であったと、高見沢了子は確信した。なんたること、女は、強度に精神を病んだ老女であったのだ。いや近づく者に向かって発作的にわめきあばれだす、という言動を呈することは習慣的症状であったが、自己を語るコトバを喪って久しいと、五十数年来女の担当医を務めたという、すでに初老にさしかかった精神科医は説明した。高見沢了子の強引さに根負けして守秘義務なるものを犯すことをはばかり多少口ごもりつつも、その担当医の語ってくれた女の病歴には、ライターの辿った女の人生歴を重ねても何ら遜色のない要素が多く散見された。が、むしろそれは、その担当医に何度も取材をくり返していたらしいライターの想像力が、女の病状を臨床的に参考にして組み立てた、転倒した人生歴、と考えるべき記録で、つまり女の口から直接その人生の一端が語られることはなかった、というのが実態だった。

何らかの研究目的でもあったか、担当医は、五十余年にわたる女の時々の諸病状とその変化を、克明な記録で残してもいたのだった。

例えば、一日の特定の時刻になると決まって吐かれる呟き。夏の暮れ方になると頻繁になるというヘンに高らかな音調の、処どころに半島のというより、南のシマジマのカミンチュが唱えるニーリを思わせる節のような、歌ともいえぬ声のうねり。意味不明のまま繰り返される種々雑多なうめき声や脈略のない独り言の類まで。幾たびも試みられたらしい催眠療法にも、女は激しい身体の痙攣を顕すのみで、肝心な体験の記憶が切れ切れにもコトバになるということはなかった、というのだ。

フィクションとしてならともかく、ノンフィクションとして『泥土の底から』を公にするには無理がある、と編集者仁義にカタい編集人高見沢了子は判断した。女の一人称語りを中心に展開した文体の迫力が、『泥土の――』に、ドキュメントとしての魅力をもたらしてもいたからだ。いかにしても、この女の闇の歴史を書き残す使命感にかられたのであろう若きライターの心意気を、当の語り手がじつは語るべき声を喪った狂女《プリムン》であった、という一点の現実に負けボツにしてしまうには、なんとも惜しい仕事だった、と語った高見沢了子のとった行動は、ほんの何パーセントかの可能性で、狂った意識のうちにもある関りを契機に過去のトラウマを語りだすコトバを取り戻すことがある、と示唆した担当医のコトバをアテに、女との接触をなりふりかまわず深めていったこと、だった。

それも、老女の死によって、喪服を着たまま夜中の公園のベンチから救急病院へと運びこまれるという事件を引き起こし、三日三晩も眠りつづけたあの高見沢了子の姿が、行動の結末、というものであったらしい。

（ここまで語って、テープのハスキーヴォイスは硬い断定調を緩めた。用意しておいた原稿を読み終えたという具合だ。後は、とてん、とてん、という、夜中の電話で直接こちらの耳に吹きかける、例の調子になった。）

〜〜〜そう、不発に終ったあの企画に、膨大な、といっていいくらいムダなエネルギーを注ぎこんだ揚句、虚脱状態に陥ったアタシを、アナタたちは、愛情をこめてののしってくれたわよねぇ、仕事の尻拭いもしてくれた、病人のように看てもくれた。あのことはとても感謝してる、ホントに。

でね、アタシ、ひとつだけここに報告し忘れたことがあるわけ。そのことを、語り残しとして付け加えておきたいの。アタシにとっては、とてもとても重大なことだったから。アタシの仕事のやり方を含め、あの仕事にたいしてアタシのとった独断的行動がミドゥンミッチャイを解散に追いこむことになった現実的敗北については、全面的に、認める。けど、結果は結果として、あの行動の全てがムダ骨タダ働きだったたってわけじゃあないってことをね、ここに少しばかり伝えておきたいわけ。

そう、じつはアタシ、最終的には、声を喪っていたはずのあのヒトから脈絡あるコトバを、ふた言、そう、ふた言もよ、引き出すことができたんだから。それが何か、聴きたいよねアナタも。今更って思うかもしれないけど、一応伝えとく、イナグドゥシとしての仁義からさ。

で、そのふた言っていうのは、よく聴いてよねアナタ。(息を深く吸いこむ気配)

「チョおセぇーン、……チョぉーセン、ピィー、ぱかに、しーるナッ」

っていう突然のフレーズ。
そう言ってね、あのヒト、変にすべすべーとした人差し指でアタシの頬を突っついて、
ふた言めにこう言ったのよねいやーにはっきりと。

ホまへー、リュウちゅうドージン、もホおーッと、キータナイッ

ねぇアナタ、それを聴いたアタシがどうしたか、想像つく。つかないよねぇアナタには。アタシさ、思わず身もだえてしまった。ムチ打たれたようになって。その後でそのヒトをベッドに押し倒して転げ回ったんだよねツーカイでツーカイで。なんでツーカイかって、そりゃぁアナタ、考えてもみてよ、心身共に疲労困憊し果てるまで通い詰めて、ついに理解できたコトバに出会えた、と思ったら、「ホまへー、リュウちゅうドージン」、だもんね、そりゃあもうツーカイの何のって。アタシってさ、振り返ってみると、この地方で十年余も暮らすには暮らしていてもどこの何者でもないってことだけがアタシのアタシたるゆえ

んだった、っていうのに、「ホまへー、リュウちゅうドージン、もホぉーッと、キータナイッ」、だもんね。このひとフレーズのお陰で、アタシとうとうこんな心持ちになってしまったわけ。だったら、この際、リュウチュウドジンとやらになってみるか、って。

まあ、ね、このアタシがドジンになれるものかどうか、ドジンになるってことが一体どういうことかっていうような、今更ながらのアイデンティティ探しのヤボなテーマはさておいて、アタシ、ホまへーキータナイッ、っていう、あのヒトのアタシに対する指弾は少なくとも受け入れるべきだって思ったわけ、実際、アタシがこのヒトに対してやっている行為っていうのは、このヒトの陰部を暴き立てて証拠やら言質やらをデッチあげて、本にして、つまりは儲けようってことなわけなんだし〜〜。

（ここで、突然の弾き音）

ダッダッダッダッダッ……。

荒い息遣いとともに入口扉に立ったのは、残った元〈ミドゥンミッチャイ〉のメンバーの一人、ぽっちゃりだった。全体が暖色系花柄の散った、フリル付きロングスカートに水色のカーディガンを羽織るという、目が覚めるというより腰の抜けるような明るさで、早爽と登場。

目がくらむ。ぽっちゃりは、ミドゥンミッチャイ解散後、デパート売り場あたりの客寄せ何とかギャルとかに商売替えを果たしたのでもあろうか。元々がこんな趣味か。どっちにしても、こんな時間のこんな場所で、この格好はおかしい、と思ったのはほんの一瞬。もう、この程度のおかしさには心が揺らがないほどにわたしはおかしな世界に馴じんでしまっていた。

振り返った年増女も、意外な顔をするでもなし、ちょいと首を傾げてみせただけで、ふーん、というように鼻息を漏らす。二、三歩、寄って行って言った。

——相変わらず、要領のいいお嬢だこと、頃合いを見計って仕上げに登場、ってわけね、あんたの期待どおり難儀な仕事はぜーんぶ、このヒトとウチで済ましといたから、何ーんにも問題はないよ。

たっぷりと皮肉をこめる年増のコトバはそれでも、さらりとさりげない。

——べつに、今夜ここに来るってこと、アッチは、あんたらと、とくに約束した覚えなんかないってばサ。

しらっとぽっちゃりの方もやり返す。その特有の訛りで年増女をかわしておいて、すぐさまおっかぶせた。

——アッチに、そんな皮肉言うヒマあったらサ、あんたこそ、自分のやり方直しなって。あんたがヒトの尻拭いばっかやらされる要領の悪い女だってのは、なにも、アッチのせいじゃあないんだからサ。

それには年増女は無反応。

ぽっちゃりはその衣装のせいでかわたしよりはふた回りくらいは若く見え、しゃべりだすと並外れて丸い目玉がクルクルとめまぐるしく動く。お嬢とアダ名されるだけあってアカ抜けた愛くるしさが満点だ。その豊かな表情をふと沈め、ぽっちゃりは言った。

——ただ、今夜はサ、なぜだかどうしても寝就かれなくって、夜道をふらふら徘徊してたら、何となくこの通りまでやって来てしまってサ、見上げたら、明かりがコウコウだもんね、なんとなくミドゥンミッチャイの看板見てたら、想い出したことあってサ。

——そうか、あんたも、あいつの影から逃れられないってことか。

——うん、ま、そうかも、っていうか、実は、これ。

ぽっちゃりが差し出したもの、これも一本の録音テープ。

——ずっと気になっていたんだけど、一人だけで聞く勇気なくて、今まで放っておいてたんだよね。

テーブルに置いたそのテープを見下ろし、二人の女が交わした会話。

——たぶん、コレ、あいつの遺言だよ。

と言ったのはぽっちゃり。

——よもや、あのヒトが死んだということはなかろうけど。

——それらしい死体が、どっかの浜辺とかに打ち上げられた、とかのニュースも噂も、聞かないからサ。

——でも、ここにはもう再び現れることはないって気がする、なんとなく……。

——うん、アッチも、そういう気はするってばサ。

——何者だったんだろうか、あのヒト。

——うん、何者だったんかね、あいつ……。

柄になくぽっちゃりがしんみり。

――そういえばあのヒト、どこの何者でもないってのがアタシのアタシたるゆえんだ、っていうのが口癖だった。あの怪物的活動のエネルギー、あの意識の穴から噴き出してたって気がするよね、なんとなく。

――……。

――さて、このへんで仕上げのやつ、いきますか。

年増女得意の場面展開術を合図にここで、三人ともどもレコーダーに目を移した。先のモノは終了してたか、カサーカサーが続くテープを、手元のモノに入れ替えた。流れてきたのは、かすれ、疲れきったハスキーヴォイスだ。

〜〜〜残り時間は、あと僅か、こうしてアタシが、ヒト並にコトバを発することができるのも……。アタシは、今自分の発しているこの声さえ、自分の耳で確かめることは、できない。アタシの聴覚機能は、すっかり破壊されてしまったもよう。元に戻ることも、もうないのだろうことを、運命のように察知している………。なぜ、こんな事態に陥ったか。こんな自分を説明するコトバは、見つからない。分かっていることはただひとつ。これも、他人のメッセージに寄りかかることを生きるワザとしてきた者の負う、自己表現の困難というものかと。他人のコトバにかかずらわっているうちに自分のコトバを喪ってしまった女、それが、たぶん、アタシ……。音から閉ざされた騒々しい世界に、いま、アタシは、いる。混濁のまっ只中から、さいごのコトバを、我がドゥシンチャーへ。

あの、「ピー事件」のあと、この土地でアタシが辿り着いた〈リュウちゅうドジン〉への道を模索し始めていたとき、まるで受け取り人をドジン化するためと言わんばかりのブツが我がミドゥンミッチャイに送りこまれてきた、という奇怪なデキゴトのなりゆきの一端をここに語っておきたいってこと。いわばアレは、原稿というより巻物とか丸太とかいった方がいいようなブツだった。博物館の暗い倉庫に何百年も眠っていた秘蔵の骨董品を取り出してきたようにも思われるブツ。黄ばんだ和紙に墨で書かれた、一応なんとなくニホンゴには見える原稿の丸太が、なんと十二本も、ミドゥンミッチャイに運び込まれるというデキゴトがあった、ってこと。

ねー、アナタ、こんなデキゴト想像できる？　白い丸太に見えるぐるぐる巻きの原稿の束が、十二本もごろごろーと転がり出てきたときの、編集者の仰天というか狂気というか、魂消《たまげ》る、っていうコトバはさぁアナタ、あんな時の心持を表現するためにあるのよねぇきっと。十二本もの丸太原稿を目の前にしてホントにアタシは魂消てしまった、ってわけ。アナタじゃないけど、しばし呆とトゥルバッてしまって、正気を取り戻すのにけっこう時間がかかったわよさすがのアタシも……。

ここで、ぽっちゃりの手がすいと伸びてきた。テープを切る。首をひと振りし、じっとわたしを見る。そして言った。

——この、あいつからのメッセージ、あなた宛のものがアッチのところに紛れていた、って感じ。

——どぉして、わたし、なのよ。

あちっ、またやってしまった。どうしてなぜなぜ?の野暮な問いを。でも今度ははぐらかしたりせずに年増女はまともに答えてくれたのだった。

——あのね、こういうことよ。今彼女の語ろうとしている丸太原稿のいきさつ、ウチらは立ち会って知ってるわけ。だから、ウチらふたりにはわざわざ語って聞かせる必要のない話ってこと。

——それにサ、このヒト、ちゃんと聴き手を名指ししているよ。アナタじゃないけど、トゥルバってしまったってサ。悪いけどアッチら二人はあんたみたいにぼーっとトゥルバル野暮、ぜったい、やらないからね。

なんでこの二人、密かなわたしのトゥルバリ癖まで知っているのだ、という表情だけはしてみせた。が、わたしの反応は徹底無視され、話はすぐにも高見沢了子の語りを引き取るようにしてつづけられた。

——だいいち、あのデキゴトで魂消たのは、なにもあのヒトだけじゃあなかったのよ。そりゃもう大騒動だった。あのヒトったら、本気であの丸太原稿を活字にするんだって、なにが何でもやるんだって、言い出すもんだから。

——このブツの解読果たしたら、もしかしたら、アッタシ、正真正銘のリュウちゅうドジンになれるかもー、なーんてサ、アッホらしい妄想に取り憑かれてサー。

どんな忠告も脅しもぜんぜん耳に入れなくなって、まぁ、元々ヒトの言うことなんか聞き入れる耳をもたないヒトだったけどね。

――アッチなんかサ、何を言っても無視されるんで、あったまにきて、殴り合いになりかけたりもしたけどサ、内輪もめを暴力沙汰にしてミドゥンミッチャイの看板に瑕つけてもって思ってサ、振り上げたコブシ、何度引っ込めたんだったか。

――あの闇雲な闘いぶり、傍で見ていてホントにつらかったよ、見えない敵に挑むドン・キホーテの亡霊はこんなところにも浮遊しているのかって思わされてね。

ふらりとわたしは立ち上がった。二人の会話から浮かび上がる、せつないような高見沢了子の影を振り切るように。わたしの動きを目で追う年増女とぽっちゃりの視線を背の方に押しやり、テーブルを離れた。街路側へ開いた窓を見下ろす手前までやって来て、立ち止まった。

見ると、ガラス窓に映った背後のフロアが、奇妙に明るい。二人の立つテーブルの周りに、へん粘っこい柿色の光が、散っている。その上方、天井近くを、透くような淡いブルーがフロアを抱き込むように浮遊し、そこだけ雨上がりの夕暮れ時を思わせる光景が浮き上がった。足元が不安定に揺れる。フロアの底には、捨て置かれた用済みのガラクタたちが転がっている。ふてくされたような無機質のカタマリたち。破壊された市の廃墟に佇んでいるよう。天井を見上げた。茫洋と伸び上がる壁が白く遥かに感じられ、キョリ感が捉えられない。いったいここは、どこなのか。ミドゥンミッチャイとは、本当はなんだったのか。

イナグドゥシから一方的に親密な声の報告ばかりを日夜聴かされるうち、現実には一度も訪れたことのない場所への思いが濃く蓄積され、このような幻想の空間へとわたしは迷いこんでしまったのではないか。とりとめなく広がる迷路から果たしてわたしは抜け出すことができるのか。背の方へ首をひねった。

テーブルを挟んで立ったままの二人も、わたしの方へ首だけを向けている。首がふたつ、少し間をズラし、くにゅ、くにゅにゅっ、と揺れた。ゆれに誘われ二人の所に戻った。抑えた声で言われた。

――逃げちゃいけないよあんた、コレを、最後まできちんと聴いてあげるのが、あのヒトに関わったウチらの仁義ってもんじゃないかねぇ。

こんなときに言われる年増女の仁義意識は、ヘンに説得力がある。向かいのぽっちゃりが柔らかい微笑を寄こした。不思議な感情が流れる。ここでやっと、わたしも彼女たちの同志になれたとでもいうような。

テープの声が再生された。声には勢いが戻っていた。いや、最後の力を振り絞るような悲愴な響きが。

〜〜〜何週間だったか、何ヶ月だったか、丸太原稿はごろーごろーと工房内に転がしておいたわけ。なにしろ、解読には膨大なエネルギーと時間がかかりそうだったし、活字にするとなると、書き手との具体的な交渉が必要なこともあって。アレは、身元不明の差出人から箱詰めで郵送されてきた非常識に物騒なブツだったんだよね。

アナタさ、それを見てアタシ思ったわけよ、かの源氏物語の巻物だってああいう物々しさはなかったたって。ま、こんな突飛な比較論、世界に誇るにっぽん国のデントウ文学に対して、今アタシは大変失礼なことをヌかしてしまった気はするけど、でもねアナタ、何をなんと言ってみても、あの丸太原稿の物々しき物量感、モノそのもの、圧倒的なパルプの厚み、霊気こもる墨の匂い、アレが単なる巻物なんぞであるはずはないってことは、言える。原稿なんてコトバが全く意味を失ってしまう程のね。もちろん肝心なのは見た目の迫力より巻物に刻まれた文字の開示する世界、よね。そう、それこそが見かけ以上にアタシにとっては大問題だったわけ……。

箱詰め十二本の丸太原稿が工房に送り付けられた数日後、おろおろしているアタシの元に一通の封書が別送されてきたんだけど、この方は簡単に読めるメモでね、読めるにはよめたんだけど、文字そのものが不気味で、なぜか血染めを思わせる朱色で綴られた文字だった。故あって、当方の素性を明かすことはならぬが送っておいたモノをどうにか世に伝え残す策を講じてほしい、旨のことが丁寧に書かれてあった。それを伝に、アタシは差出人探索に乗り出したってわけ。仲間二人の猛反対を押し切ってさ。こんな正体不明のブツを活字にしようなんて正気の沙汰じゃないよ、どうしてもって言うなら、天罰を覚悟でやるのね、ウッチら、付き合ってられないよ、って棄て科白を吐かれてね。今思えば、あの二人の棄て科白はある意味、現在のアタシの身の上をかなり正確に言い当ててはいるんだけど。そう、あの時点で、ミドゥンミッチャイのメンバーの関係は、修復不可能な分裂状態に陥っていたってわけ。世間にはひた隠しにしていたのだけれど、あれ以来、〈ミドゥンミッチャイ〉は看板を裏切り、アタシ一人に、なった。ウソ偽りのない編集工房の実態を告白するとね、開業三年目あたりから、すでに経営上の危機は始まっていた、ってこと、ほんとうは。

ああ、あの何本もの際物ベストセラーの売り上げはどうなったかっていうのよね。アナタってさ、本当に判っちゃあいないのねぇ、こんな地方限定の市場で、ベストセラーたってさ、たかが三千からせいぜい三万部……世情の気まぐれ、場当りまぐれ当りのたまさかのそんな売り上げで、工房を維持し、自立した女三人が食べていくのは、そう簡単じゃあないってことよ。じゃ、これまでどうやって繋いできたかっていうんでしょ。そう、それなんだけど、実は、運よくアタシには影のスポンサーってのが、つまり銀行マンの彼がね、後ろ盾として現れてくれたってわけ……。

ま、そのことはさておき、例の丸太原稿の差出人の探索、これがまた難航をきわめたのよねぇほんとに。

アタシさぁ、編集業一本で探偵業なんかやったことないから、そりゃあもう大変で、アタシは商売上この地方の人脈にはほどほどに通じているつもりだったのだけれど、身元を伏せたがっているヒトを探し当てるってのはさ、アナタ、秋風に流れる雲を摑むっていうか、砂漠に這いまわるアリンコを追ってアリ地獄に落ちこむっていうか、だんだんそういう様相を呈してくるものではあるのよねぇ。ブツが包装された紙とか箱とかの出所や、郵便の消印とかを手がかりにするしかないんだけど、この場合、メディアの力を利用して「このヒト探してます」って広告出したりするのは、かえって逆効果って気がしたから。

それにしてもさぁアナタ、大量生産される包装紙や袋や箱を、どこのだれがどこの販売元で手にいれたかなんていってもねぇ、この地方圏内だけに限ってみたって、ホラこの地方ってさ、海を隔てたシマとシマの集まりってこともあって、狭いようでいてほんとはとてつもなく広いのよねぇ。ただ広いっていうより、海のあちらこちらに限りなく広がってゆくっていう感じで。そのうえさぁ、郵便関係からは個人情報の秘密保護とかなんとかの理屈を盾に、本音はただ面倒なだけの理由で門前払いを食らわされるし、それにアタシ、警察関係じゃあないから、これは殺人事件に関わる重大な調査である、とかのオドシをかけて小心な役人に書類を提出させる権限ないし。けっきょく、にっちもさっちもいかなくなって、丸太の送り主、つまりその当人が原稿の書き手だと想定すると、著者、ということになるんだけれど、その想定著者との対面は、いったん諦めることにして、とにかくアタシは肝心の丸太原稿の解読にとりかかることにしたってわけ。

（ずっと高揚したトーンで流れつづけていたハスキーヴォイスが、ここで、るるるっと身震いするように震えた）

……それはもう、えもいわれぬ体の、奇々怪々たる文字の世界だった。アタシの編集者生活で培った読解能力を全開にして、目を皿にして、のたうち回らなければならなかった。キュヒヒーも、キュシシーも、キュヘーキュヘーも、まったく聴き分けることのできない文字の泥沼だった。ぐるぐる巻きの和紙の表面にえんえんと綴られた、墨汁の踊り字の世界だったのだよアレは。その世界にアタシは体ごと呑みこまれてしまった……跳ね文字、屈み文字、くねり文字、こねり手なより手、押し手返し手、腰《ガマク》入れウムイ入れ、くにゅくにゅ、くにゅにゅにゅにゅにゅっ……点点点点点点テンテンテンテン、テテてんてん、ててててんててててん、テン、ててて、トトトト、テン、テン、テテテン、トトトン、トン、テテ、テンテン、テテテテ、テンテン、テンテンテンテン、点、点、点点点点テンテテ、テンテン……七転八倒、丸太を転がし、ひっくり返し、紙をめくりめくり、ときに嘗めまわし、頬すり寄せ奇態なる踊り文字に身を任せ目を突きあわせているうち……なんということ、アタシは、綴られた墨文字の字体さながら、腰や手首足首をくねり、なより、こねり、払い、押しては返し、身をひねりだす我が身のあらぬザマに、気づいて、しまった……。ねぇアナタ、夢ともうつつとも知れずあんなふうになってゆくヒトの気持ち、想像できる？　そりゃ難しいよねぇアナタには。

日夜丸太に刻まれた奇態なる踊り文字に埋もれ、くねり、こねり、ガマク入れ、ウムイ入れ、をするうち、すこうしずつ分かってきたことがあるのよねぇアタシ。

まず、これは、盛りを過ぎようとする頃に突然神がかりを体験した女の手になる、コトバどもだ、ってことが。まぁ、こんなことを言うとさ、それって、単なる自己投影的ヨミってもんじゃない、って突っ込まれても仕方のないところあるよねぇ、やっぱり。盛りを過ぎようとしているイナグのカンダーリ状態というのは、謎だらけ不明のブッと日夜格闘するプリムンじみたアタシ自身だって第三者に言われると、反論の余地、まったく、ないし。

けどね、アナタ、このアタシが、編集者人生を賭けて奇ッ怪な丸太原稿にのめりこむってことと、こんな十二支めぐりの何百ヶ年分っていう分量の文字を丸太にしてしまうような、くらーい情熱でもって何事かを綴らねばならなかったヒトのウムイとの間には、どうにも埋めようのない淵が横たわっているってこと、忘れちゃいけないのよやっぱり。自己投影なんていうひと言で単純化されてしまったんじゃあ、あの丸太原稿はたんなる幻想、空疎なる絵空事、ってことで片付けられてしまうんだからさ。アタシね、我が身に起こった怪事件をこうして語る気になった以上、そんなむなしき印象を聞き手に与えてしまうヘマだけは極力避けたいって思っているわけ。

で、ね、アタシの取った道はひとつ。第三者に自己投影と思われようが絵空事と言われようが、己の感覚的ヨミを徹底して信じることにした。だってアタシ、考古学者じゃあないから、古代文字顔負けのお化け文字を解読するトレーニング、受けてないし。それに、歴史的ヨミの手続きなんてクソ食らえって気持ちどこかにあるし。だからね、この身体そのものの感知する世界をただ信じて、丸太と取っ組み合い、えいヤっ、うりひゃあッ、って高らかな掛け声で自らを励ますやらで。そのうち、夢間にもなにやらもそもそと手足をうごめかす癖がついてしまったりで。するとねアナタ、キリストさまじゃあないけど、信じることは奇跡を呼ぶものである、って今アタシは言ってみたいわけ。丸太と取っ組み合いを開始して、数えてみると、あれは確か、十三ヶ月と何日目かのある日のことだった。

なんと、突然ヨメてきた、ヨメてきたんだからね。あの奇態なる墨文字の世界が。殴り書き、くるくる巻き、ひやッひやッ、の踊り体にくねりまくっているだけに見えた、跳ね字反り字くねり字、こねり手なより手、押し手返し手に、書き手がこめたウムイのさまざまが。言うに言われぬまま忘却の彼方に追いやられていたヒトの身に潜む、うらみつらみ嘆き哀しみ苦悶憤激のひだひだに浮き沈みする極上の愉悦さえ、なんと、ヨメてきたヨメてきた……ホントにホントに…………ああ、なんという底無しの快楽世界！　コトバなどいらぬ快楽地獄！　それを全身で感知した途端、ほら、アタ、シ、は、ヒト、でなし、の、みごと、な、姿《スガイ》に、ヘン、ゲ、して、しま、っ、た…………あ、あ、ああッ、あ、ああ……ぷ、ぷお、ぷぽおぉオオオ…………。

唐突に、竹筒を吹き澄ますような、底を割った掠れ音が、起こった。ある音域を突っ破して掠れていく悲痛な声を最後に、ハスキーヴォイスは、霧散した。世界の全てが音の背後に吸いこまれてゆく。わたしは慌てた。レコーダーに首を突っ込むようになって、叫んだ。

——待って、まってよ！

机上の『自叙伝』を摑み上げた。

——ねえ、教えてよ。この、『自叙伝』の空白ページを埋める作業をするのが、あンたが、わたしに言い残した、仕事上の引き継ぎ、ってこと？ ねえ、何とか、言ってよ、ねえ、ねえー。

テープは回転音だけになった。

三人それぞれの視線で、一斉に『自叙伝』のカーリーヘアの女を見た。女の顔は遺影の趣がいよいよ濃く漂い、こちらを見返してくる。と、その表情がくにゅっと歪み、微かに笑った。そんな気がしたのはわたしだけの錯覚ではなかったようだ。年増女とぽっちゃりの目がお互いを見つめ合い身震いするように肩をすくめると、二人同時にふいっと本の表紙から目を逸らした。テープからは、もう何かの声が発される気配はない。カサーカサー、だけだ。いや、よく耳を澄ましているとある種の声が、確かに、聴こえる。

〰〰〰〰〰〰。

泥の沈黙だ。やがてそれは、どろろろぉぉ……というように雷鳴の迫力を帯びる。仰々しく、いかにも物騒な音の緊迫のうちに、突如、溶けだす。けたたましく、モノモノしく、極めつけに、タケダケしく吠えだす、という展開をみせ空間を一杯に充たした。破裂寸前の緊張感を孕み、転げ、回りだす。激烈な轟き音が膺よう煌々とした明るみに向かって孤独な闘いを挑んでいるよう。

どろろおぉおごおろろろぉおぉ〜〜〜。

両手で耳を覆った。ついに音そのものへと変化《へんげ》していったのだろう我がイナグドゥシとの、永遠の別離に耐えるため。轟き音の裂け目からわたしを呼ぶ密かに親しいハスキーヴォイスを聴いた、と感じたのは、いつものトゥルバリ状態へ入る寸前にわたしを襲うこめかみのしびれ感覚の中で、だった。

音の退散と同時に、視界に異変が起こった。

二人の女の姿が、突如、崩れだすのだ。際立つそれぞれの輪郭をやたら移動させてはフロアの空気を掻き乱し、相対するようにも寄り添うようにも声を発していた八本二組の四肢が、ぐら、ぐらら、ぐららららら、と揺らぎだすのだった。浮遊し、揺らめき、形を喪ってゆく。胸を衝かれ、ああ、と思わず声を漏らした。

崩れてゆく女ふたりを、わたしはただ仰ぎ見ている。

陰影の対照的な彩りの服でお互いを抱えこみながら、ふたりの女は、もつれ合い、絡み合い、ゆらめき、はためきつつ、崩れていく。そうやって形を喪いながらなおも元の輪郭に執着するねばつきを見せ、顔面や首を、熱されて伸びたパイプのようにうねらせた。腹や背をひっくり返し、反りあがっては重なる、という動きをくりかえす。重なったまま捩れ、くねり、またも絡み合い、うねうねうねと上昇するのだった。いくつもの歪んだ輪が流れ雲になって、天井近くまで舞い上がった。そこで、ぐるーりぐるーりと渦を巻く。ちょうどわたしの頭上真上。なんという、哀しみに満ちた渦巻きダンスなのだ。

やがて女たちは、綿毛の柔らかさに千切れ、開け放たれた窓枠から夜の市中へと落ちていった。つかの間、ためいの停滞をみせ、急降下する、千切れちぎれになった最後の綿毛のひと片が、ふいっと窓の外の闇に沈んだその瞬間、目くらましを食らう。内と外の境目に、青く切り立つ柱が煙った。

同時に、ズッズッズッとした波動がフロアの底を這う。足元をぐらつかせる。ぐらつき、ズレこみ、波動は短く切れ、音に変換された。呼気の荒い音の連射が起こる。此の世の在り様を嗤い合うような、始末のつけらないウムイの泡を小出しに吹き飛ばす、というような。または、下手なラップに乗って闇間を泳ぐダンスのリズムのようにも。聴き方によっては、切れがちに弾ける底抜けに明るいアップテンポのシマウタにも聴こえる、そんな音のカケラだった。

ププププ、プッ、ペッ、ポッポッポッ、ポポポポポ、ポッポッ、ポッポッポポ、プ、ブッ、ポポポポ、ポッポッ、ポッポポ、ポッポッ、ププ、ペ、ポッ、ポポポポ、クポ、クポッポッ、ポポッ、ポッポッポ、ポペッ、プップッ、プププププッ、ペペペポポポポポ……。

『自叙伝』の女

五月初旬の、明るい昼間の直射日光にさらされている。闇の記憶が薄れ、闇の夢が急速に力を失っていく時間帯だ。実に久しぶりの外の世界だった。ここずっとわたしは、高見沢了子が残していったモノモノに埋もれる生活をしている。彼女から仕事を引き継ぐ交換条件として宛てがわれたアパートに住みこんで。当初の好条件は半年後には自動的に解消されてしまっていたが。我がイナグドゥシ高見沢了子とかかわりあったこの十三年余の、親密なようでいて疎遠、縁遠いようでいて熱く、近しく、夢のなかのまた夢のようなインネンめく付き合いは、この仕事を引き受けるためだけにあったのではないか。そう思い込むまでにわたしは『自叙伝』作成に追い込まれていったのだった。仕事のとっかかりとしてわたしは、高見沢了子が消滅ぎりぎりの際に語り残した声々の意味を突き止めることから、と考えるには考えたのだが、それよりわたしに必要だったのは、得体知れずの重荷を背負ってシジフォスの山へ登る覚悟だった。なにしろアレは、神がかった四十女が消滅まぎわに語り残した幻惑の世界、と想像するしかない奇妙奇天烈な出来事であったから。

なにより、わたしが手始めにやらねばならなかったのは、『自叙伝』の主人公たる語り手の特定だった。とりあえず想定した語り手を、表紙にプリントされたカーリーヘアの女であるとして、ではいったい彼女はどこの誰なのか。その謎を解く必要があった。

しかし、この手始めの段階でわたしは立ち往生。高見沢了子はその人物についての経歴なりメモなり、または語り手の声の録音なり、調査や想像を働かせるために必要な物的資料の一切を残していないばかりか、思わせぶりな表紙の黒枠の意味についても、人物がすでにこの世の者ではないことの暗示だと思うべきであったが、確かに実写されたとおぼしき人物写真そのものが、よくよく眺めてみると、なんとも奇ッ怪な様相を呈することが判明し、そのことが、不可解かつ困難な事態にいっそう拍車をかけ、仕事のなりゆきにいやます混乱と低迷を招く元凶と相成ったのだった。

というのは、一体どんなプリント処理が施されたものか、その顔写真には不思議なモザイクが仕掛けられてあって、こちらの眺める角度や位置、立て掛けられた場所、部屋に入り込む光線の具合、時間帯、果てはこちらの心理状態によっても表情が七変化、魑魅魍魎と化してしまうというなんとも不可解な事態だった。

例えば、昼前に起き出し、まだボケたままの重い頭で歯ブラシをくわえながら部屋をうろつき、仕事兼食卓用テーブル横手に立てかけてあったそれに、ふと目をやるとき。女は、紺染めのエプロンが似合いそうなふっくらとした笑みを浮かべる中年女になる。なかなかの美人だ。いまにもそこらへんから味噌汁の匂いがただよってきそうな趣になる。波風を立てない日常にひたすら寄り添った女は味噌のにおいのする穏やか美人になるのだ、とでもいうような。

ときに、外気がむんむんと部屋をむれさせる日中など、暑苦しさに苛つき、何となくテーブルから移動させた『自叙伝』を、棚の片隅に立掛けて見ると、女は、きゅっと唇を結びさえし、切れのいい目元をこちらへ向けている。その目つきで仕事相手やパソコンを睨みつけ、やり切れない人生の寂しさを叩きつけているという気迫を漂わせたばりばりのキャリアウーマンふうになる。

ときにまた、アルコールをひっかけ夜中にトゥルバッているのでは仕事にならないと意を決し、嗜好品をビールからコーヒーに変え、朝から食事代わりにブラックのインスタントコーヒーをがぶ飲みしつづけた日などの、カーテンを揺らすやや涼しげな風が半開きのサッシ戸から入って来る夕刻。今日は少しばかりカラ飲みが過ぎたかなぁと胃を抑えつつ上目使いに仕事机横手に移して置いたプリント女を、何気なく見やるとき。女も、ちょっとこちらを睨みつけるような鋭く暗いものを目に湛えている。突如として、とっぷりと恨みがましい目を光らせ、こちらの弱りにつけ込むという刺々しい感情を投げて寄こすので、思わずわたしはキリキリと痛みだした胃袋を抑えこみ呻き声をあげる。という事態から見返すときの女の年齢は、どう眺めてみても、全くの未詳。どこか半島あたりの農村の女性をふと想像させる面立ちになるが、確定は不可能。

例えば、またときに、とうに夜中を回った丑三つ刻手前。紙々の積み上げられた壁と壁に身を挟まれ、ウツウツと溜息ばかり吐き出すわたしの横顔を、すーと撫でつけるものの気配に振り向いたとき。なんと女は、あんぐりと口を開けて白目を剥いている。と見るうち今にも声をあらげ唄いだしそうになる。情ウタなどを唄っているようなひきつった眉間に皺を集め、しめっぽい表情になる。老いてもなお場末の飲み屋のステージで唄いつづけるシマのウタサー、といった具合に。わたしは、情ウタのカッタるいサビの高揚した調子というのは何より不得手なので、思わず目を伏せる。ふたたび、おそるおそる見開いたとき、女は、あんぐりの口はそのままに、涙を浮かべるふうだった瞳が一瞬のうちに乾き、今度はいかにも残忍な、相手の悲しみや同情をも射抜いてしまう冷ややかな目つきになる。そんな女の目に見据えられ、見すえ返していると、女は確かに何ごとかをわたしへ訴えたがっている、と感じてしまう。

それで、わたしはときに、声を掛けてみたりしたのだ。ねぇ、あなたは、いったいだぁれ、と。すると、女の表情がやわらかなものをこちらによこすので、ついわたしは調子に任せ、ねぇったら、ねぇねぇ、あなたはだぁれ？　と我ながらけったいな甘え声を繰りかえし発してみたりする。が、いくらわたしがそんな呼び掛けを繰りかえしてみても、プリント女の口からなんらかの反応が返ってくるということはない。残されたテープの声語りの中で、最も気がかりな「ハルモニの叫び」にしても、結局は、それらに精魂傾けた高見沢了子を根こそぎ疲弊させ、ついには、ミドゥンミッチャイを解散に追いやる引き金になっただけらしく、それらを引き継ごうにもなんらかの関連資料らしきものがどこからか届けられたり、どこやらの穴蔵から発見されたりする、ということも残念ながら起こらなかった。他の流産本への手がかりも、皆無だ。

そこで、わたしがここ数ヶ月のひきこもり生活でやったことと言えば、ひたすら受身の資料読みだけ。狭いワンルームに壁となって空間を占拠している、ミドゥンミッチャイの発行本たちを一冊一冊ていねいに目を通すことだった。退屈かつ憂うつなその作業のうちにも、もしや『自叙伝』作成の手がかりが、という一点の泡ぶくの願いがあった。

悶々とした果てのない日々に堪えつつわたしが辿り着いたのは、『自叙伝』とは何か、というひとつの問いだった。自己を滅却するように他人のコトバに埋もれ、垂れ流すが如き量の地方限定出版物をものし続けた流れ者の編集者が、消滅寸前にやり遂げたかった『自叙伝』とは、何だったか。

ある考えに思い当たった。

眺めるときどきにも変化してしまうあのプリント女は、もしかすると、あり得たかもしれない高見沢了子自身のシミュレーション像ではなかったか。倒産に追い込まれた編集工房ミドゥンミッチャイで、仲間二人にも去られ、ひとり取り残された彼女は、やり切れない孤独感に打ちのめされながら闇雲に空白の『自叙伝』を作ってしまったのではないか。そう、高見沢了子は、彼女自身を語ることを、どんないきさつでか都心からこの地方に流れ着き結局は消滅せざるをえなかったイナグ編集者のあり得たかもしれないいくつもの物語を、イナグドゥシを自認していたわたしに託したのではないかと。

アタシってさ、天性の編集者なのよねぇ、と彼女はよく言った。編集業ってのはさ、どんな大義や使命感をふりかざしていても、というか、ふりかざす程にね、つまりは、ただの目立ちたがりやなだけの書き手のエゴをくすぐってやって、あることないこと引き出させて世間に披露してあげる、ってのが本分なわけだけど、本当のところはさ、彼らが書き手の領分だって思いこんでる世界は、こちらの隠し味をたっぷり振りかけてあげるからこそ読者に食べてもらえてるんだっていう仕事感覚を人知れず味わうのが、編集業やってる妙味ではあるのよねぇ。書きたがりやの野心家ってのはさ、ごくごくフツーの文才でしかなくったって、ある刺激と条件さえ与えておけば自分でも知らずにそれなりのものを引き出してくるものなのよねぇ、本人もびっくりっていうようなもんよ。まぁ、世に持て囃されているモノ書きってのはさ、野性を忘れてヒトの与えるエサに条件反射する犬みたいなもん、ってとこね、このアタシに言わせると。

出たばかりの新刊書をわたしに差し出しながら、怪物的カリスマ女性編集者で名を売った我がイナグドゥシ高見沢了子は、にやっとした表情を隠しもせずにそんな持論をぶってみせることがあった。

そんな記憶の声にうながされ、わたしは、部屋の壁一面を埋め尽くすミドゥンミッチャイの発行本を前に座り込む、ということをよくした。真っ直ぐに首を伸ばし姿勢さえ正し、紙がみの隊列と対峙した。時を忘れ、つくねんと。そうしていると、しんしんと沈む夜の底で紙がみが息づきはじめる。その気配からわたしは逃げられなくなる。そのうちわたしは、ジグザグに積み上げられた背表紙の文字を小声で読み出す。ブツブツブツ……フッフッフッフッ……と。

……ウムイの風土、伊麗孝太著。父を訪ねて三千里、比嘉ミドリ著。ハーフと呼ばれて、ミセェル・城間著。基地の街に遊ぶ。コザ十字路遠景。クロンボーとシロンボーの狭間で。ヤンバルの里に雪の降った日。ターブックァに咲く花。屋嘉村から屋我地村へ。ホワイトビーチに立つ黒影を追って。吉原心中事件の真相。パークアベニューで寝転び、パルメラ通りに蹲る男のつぶやき、裏街研究会。AサインとDサインを行き来した女たち。ハーフとアメラジアンの差異と同一性。「コザ暴動」を仕掛けたニーセーターの居酒屋談義。泡瀬干潟を守る人々。写真に見るギーク村の歴史。南風原村、歴代村長の顔。うるま市誕生の秘話。グシカー踊り会五十年史。エイサー三昧、平敷屋青年会活動史。残傷の浜に向かいて、何をか想わん、緑間マユ自分史を語る。別れの煙を追って、ハワイへの道。帰れぬ帰還者たち。海を渡った歌声、カツミ・ウルカ著。山を上ると海に出る島。ハルサーとウミンチュの対談集。シマンチュノート、被害と加害を超えて、御於慧賢次朗著。オキナワ人の条件、半那阿蓮戸著。ウチナーンチュはにっぽんじんになれるか。…………。

……ドキュメント伊佐浜土地闘争の記録、一粒たり友の会活動の歴史。小さな大学の巨きな挑戦、O大学六十年誌。R大事件の本当の犠牲者は誰か。ガマを巡る100の嘘とホント、戦後史を歩く。米兵を襲った勇敢なるイナグングァの快談。満月の夜に耳を澄ませば、歴史なき民の声が聴こえる、愛林・思瑠芭亞舞羅斗著。三〇〇人の証言　戦争前夜に私の見たふしぎな光景。おきなわ反権力論の起源。六十年代を語る、沖青同青春の記録。情念の暴力論、鬼世多世真著。沖縄戦を学び直す、野家尾長武著。白旗を振るオジィは何処へ消えた、戦後の風景を記録する十一ミリの会。ユンタクオバァの戦中戦後駆け巡りパナス。黙して語る語り部たちの声を聴く、地獄耳の会。月が青くかがやくとき、都林民波私的闘争記。良き隣人の芝生は黒かった。六十六年目の告白、フェンスに立ち尽くした男。Y子を殺ったのは、ほかならぬワタシだった、釈放されたレイプ犯の居直りインタビュー録。米兵に恋人を盗られた男のための報復術教修講座シリーズ、R新聞社カルチャーセンター企画編。笑いと汗の米軍基地。イクサ世それぞれの闘い、ハワイ、フィリピン、スマトラ、サイパン編。海の彼方で果てた人々に出会う旅、遺骨を拾うボランティアグループの報告から。戦争で笑った人々のその後を追う……。

サンシンを抱いた浜千鳥《チジュヤー》、サントス・越川の放浪記、南米編。物語のイナグ、恩納ナビーを探して、川無良湊著。骨がカチャーシーを踊るとき、踊らにゃ村民の共同幻想譚。

吉屋チルー怪奇伝記集。ジュリ馬再現の裏舞台。真喜志小太郎の光と影。丘の一本松由来記。北村スミ子一人芝居傑作選。オキナワンロック、赤と紫の時間。喜屋武マリアンヌ復活ライブ全収録版。ぱぁんとうラップヒット曲集、狩俣のイサミガ著。ＰＷ哀歌。ヤマトが情や当てぃならん、軍雇用員恨み節琉歌集。川は流れ山は泣いた、仲宗根ミミあの時代を語る。マイケル・ジャクソンを歌うフィンガーファイブ。カメジロー賛歌。裏声で歌う奄美シマ唄。ションカネーを鼻歌で唄えば。アヤグ絶叫。ユンタクをユンタで唄う女たち。トゥバラーマ愛歌。絶唱定繁節。つぶやきの林昌節。てるりんの琉球国独立賛歌。歌ってはいけない歌をうたう会の活動記。トーガニーとナークニーの原型を探して、多真木雅也著。八八八六の世界。オモロはおもろいか。シマの薄明、W・B・伊絵井津著。朝薫と朝敏は同一人物だった、オキナワ芸能界の内幕を暴く。おきなわの芸能を堕落させた犯人を捜せ、国宝に洩れた芸人たちの闘争記……。

……世界で最も奇妙な書物百選。今は昔の仰天パナス。百歳までゆうゆう青春、夢のシマ生活ルポ、ミドゥンミッチャイ編集部。長寿日本一はウソだった。イナグの自立を阻むユイマール。オキナワンガールの来歴。月とティダの闘争史。移民のふるさとは何処にある。仏桑華の咲く丘に立つ、七つ塚の由来。久部良村共同売店三百年誌、マッチャのアンガ著。保多良ジマ再訪記。池間大橋を丑三つ時に渡る。南のパラダイス体験記。聖なるシマジマの俗なるヒトビト。ボクサーにならなければ海を歩いていた男の話。ウミヤカラーの子孫たち。海底に沈んだ幻の帝国。アッパとアンナとオバアを交歓する、シマコトバに拘るマイナー詩人の日記。ミャークニ往還記。多良間七祭りの裏パナス。シマを出奔した人々。ドゥナンチュ遠征記。海を走る女と空を泳ぐ男の住むシマ。デストピアへの旅。ヤポネシアの彼方へ、志摩元啓市著。ゲーリー・大城の冒険日記。孤島譜。海人巷談集。アコウクロウの祈り、夕暮れの文化論。アンデス・ヒマラヤ・オキナワ、高原と海の民族を繋ぐ奇祭の残る島。にっぽん文化論、タローとトシコの久高遊行記。ユタと魔女の歴史、シマに落ちた西洋の影を踏む。ニライカナイ航海記。牛とダチョウと歌の島、クルクルージマへ。シマの淵から世界が見えるか見えぬか。亜布里加亞奈への旅。南へ、さらに南へ、パイパティローマのアガタへ。

……クジャでドストエフスキーを読む。辺野古に立つサイード。阿Qとザムザが対談すると、あすら研究会報告シリーズ。闇の曼陀羅、安里礼次著。北の獏、南の修、都の安吾、花田俊一郎著。音の旅路、東へ、西へ。アカショウビンが鳴くあの森で。泥の街を歩く。突撃憑依隊、田井等雪子著。ウージ畑に隠れたサリンジャー。見えない街から笑顔でこんにちわ、娑雁著。失われた場所を求めて、マルセイユ島袋著。ヤナワラバー日記、亜呉田・大城著。三千年の愉楽、那珂伊魔賢冶著。六調を踊るオドルデク、安室蜜比呂著。名前よ立ちあがれ、さらば救われん、名嘉功吉遺稿集。無茶無茶と苦茶苦茶の話、エリザベス・泉著。ガードを庇った男の伝記、宇琉馬タロウ著。御喪露想詩、仲宗根雨城著。百年忌に集う八人の美女とキジムナーのユンタクヒンタク集。おきなわに「ぶんがく」はあるか。オキナワの少女、比加志峰子著。タンディガータンディはさよならの代り。メンソーレとイミソーレの差異について。オキナワンアナーキズムの系譜。処刑場に咲く青いアカバナー。旭琉会を支えた七人のイキガの闘い。秘伝、素手で敵を倒す必殺技33、高宮城幸一著。イキガやイクサのさちばい。さよならアメリカ、バイバイにっぽん、またあちゃやーウチナー…………。

……我がプリムン道を往く、平良加那の半生。ユタの哲学談義。語るに堕ちる世界をかたる者たち。我《ワ》ンやユタの生《マ》り、島袋ヨシの幻視体験記。七つ橋を渡りそこねたノロの末裔。秘祭の裏に泣く女たち。マブイ込めに失敗したユタの視た夢。知念カニメガ、千年未来を占う。イナグが「アファ」と呟くとき、世界が変わる。ユタのツイッターを読む。我《ワ》ンやフラーどぅやしが、汝《ヤ》ーや何《ヌ》ーやが。我ンやワンどぅやる、汝ーやヤーどぅやる………寝《ニ》てィん起《ウ》きてィん夢《イミ》がやらうつつがやら………ヌーやらわん。如何《イキャ》やらわん、ヌーなとぅが、くぬシケや………ヌーやんピーやん、かしまさぬならん………あんどぅやたん、かんどぅやたんて、あぬシケや………うむさつさー、ひやさつさー、プリムンぬシケや………「あ」と「ん」の間に立つ影は………。

………六畳のうす闇に、文字が飛び交う。ひらがなカタカナ漢字アルファベットまぜこぜの大文字小文字が、あたり一杯に飛び交う。その字体にわたしの身体はまみれ染まっていく。文字面に額や頬を押し付け、憑かれたようになってわたしは声を上げ続ける。届かない祈りを祈る、カミンチュの唱え言のように。

　そんな夜の目覚めには、決まって、何冊かの本を赤子のように抱きかかえテーブルの下で蹲っている自分に気づくことになった。

他人とのなにげない会話も途絶えたひきこもりの月日を長いともつらいとも感じなくなって、体をすり通りしていく時のむなしさに身を任せていると、身いっぱいに膨らんだ孤独の膜がプチップチッと音を立てて切れだすのを感じてもいた。自分で自分を呼ぶ声を天上壁や本棚の隙間から聴くようにもなって、そろそろ狂いの境地に入り込むか、と思い始めたそんな矢先だった。何者かに追い立てられ戸外へとびだしたのは。

突堤へ

埃っぽい日中の市街を歩いている。

吹くともなく吹く風が街路樹をゆらし、南国産ではないイスノキだかクスノキだかの淡い葉陰から洩れる日差しが、ものうげに漂う通りだ。この街路樹の並木を左手に見渡しながらもう少しばかり歩を進めていけば、海岸通りへと出るはずだった。

風景がいやに殺風景だ。どれだけの時間歩いたか、防波堤の一部が目に入った。グレー一色に染まった大小凸凹の倉庫が建ち並ぶ空間のむこう側へとわたしの足は向かう。そこで白く光って見えるのはテトラポットの山の頂。海の面は、見えない。左横手に、若芽を吹くクワディーサーの並木がゆれている。

足元は、うすいオレンジとグレーの配色で格子を組んだタイル張りの道だった。色のある海岸風景が、じわりと現れた。が、まだ前景のみ。あの突堤に近寄って行き、爪先立ちにのびあがってそこに乗り上げ、海へ目をやり、後方で開けているはずの海浜公園を振り返ってみたりする、という動きを自然に行うには、今少しばかりの時間が必要だった。わたしは、突堤の十数メートル手前に佇み、潮風に煽られながら壁をぼんやり眺めている。そうしていると、潮のにおいに身のこわばりが少しずつ緩んでいく。

ゆっくりとあたりを見回した。護岸と見えたそこは、奇妙な空間だと気づいた。不快にねじれた見知らぬ風景だ。幻惑されたようになって、公園横手に伸びる壁にそろそろと近づいて行った。

向こう側へ首を差し出した。

果たしてそこからもまだ海は見えず、いきなり膨らんだ巨大風船の中に頭ごと突っ込む気分になった。ねじれたメビウスの輪を辿るようにぐるーと首をひねり目線を移動させるうち、空間の歪みに目が慣れたか焦点が落ち着く。ながながとだだっ広いだけの、ライブ用ステージを思わせる、のしたような何もない広場が見えてくる。目を凝らしていると、何もないと思われた広場の処どころにひとかたまりの揺れる影が浮き上がった。高原でそよぐ草の群れに見えるその揺れるかたまりは、よく見ると、それぞれに小刻みに動いて、空間の割れ目から這い出した小動物の群れのよう。が、正体は判らない。寒気を覚え、首をひっこめた。

身を翻し、海浜公園入口手前までやって来た。

綱を張り巡らした公園の外側で、四列横隊に立ち並ぶ群れにぶつかった。行く手を塞がれ立ちすくんだとき、横手から突き出た腕にいきなり引っ張り込まれる。冷たい手だ。同時に、そそ、そそ、とうごめきだす前後左右の動きに肩をこづかれた。そそめきの中から、枯れ草を燃やした焦げつきのにおいようなものが、仄かに漂う。腐植土の発酵臭のような、不思議な、とても懐かしいにおいだ。背中をこづかれ押し出された。首をめぐらすと、周りに佇むヒトビトの輪郭が少しずつ目に入ってくる。

ヒトビトの佇まいといっても、彼らは、すぐにそれとは特定が不可能なヒトの群れなのだった。女か男か、老人か子供か若者か。なかには猫背の娘ふう、揺れる竹のような青年、まだヨチヨチ歩きのワラビにも見える半端に歪つなふぜいのヒトビトが、うっそりとした影の身を引きずり、湿っ気た暗いオーラをあたりに放出しているのだった。なぜだか黒ずくめの服を例外なくまとい、お互いがさりげなさそうにソッポを向きつつ、それでも神妙な表情を保っている。何者かの死をいんぎんに悼むというふう。傾き加減にもくもくとどこまでも四列横隊に立ち並ぶヒトビトの群れだった。

息苦しさにけおされた。思わず足元に目を落とし、慌ててわが身を振り返った。ジーパンに薄手のとっくりセーターの上から、気に入りの薄蓬色ジャケットを引っ掛けただけのわが身の格好が場にそぐわない、と妙に気になりだした。それも前後左右から押し合いへし合いされるうちわたしの身も喪服色に染まっていくようだった。

少しずつ背中をこづかれ、移動した。黒々とつづく厳かなざわめきに包まれ、右に左に揺れながら押し出された。ざわめきが、そのうち声になる。それぞれに孤立していると見えたヒトビトの、そっと寄り添うようになって交し合う呟きが、密かに届いてきたのだった。移動しつつヒトビトは噂話をするように絶え間なくおしゃべりを続けていたようなのだ。

——我ンねー、肝苦《チムグ》りさぬならんよ。

——やンよ、チムヤミすんやぁ。

——でもやぁ、うちらがいくら心イタメてみたところで、こうなってしまってはねぇ。

——やンよ、仕方ないさぁ、これは、誰にもやってくるもんであるわけだし。

——やンど、ここに居る者たちは、皆んな似たような目に遭ってるわけだしさぁ。

——そうよ、そうよ。

お互いの額を突っつき合うようにして、やンよ、やンど、そうよそうよ、と頷き交わしている声の方へ目をやると、小柄な痩せた数人の影の中に、横手からヌッと割り込んできた背の高い者がいる。

——おいらなんかよ、夜中のトイレ中にアッタにど、ハアッサ、たったひとりぼっちでよ、すーとそのまんまよ、あっさりしたもんさぁ。

——そりゃあんた、寂しかったねぇ。

——用足し中、ってのは、なんかつらいもんがあるんでないかぁ、後の始末が気になるってもんさねぇ。

――後の始末がどうこうどころかよ、おいら、もともとが家族ってもんに縁のない身の上でよ、今でも、あのまんまってわけよ。

――アゐヤぁ、便器に座ったまんま、腐って骨になるってかー。

――そりゃあんた、浄仏できんが。

――あらんど、うちは、ウンコ中に悟り開いて浄仏したってヒト、三人くらい知っちょんよ。

――まさか、ひやあ、ウンコ中になぁ。

――嘘物言《ユクシムヌイ》いさんけー。

――そんな、キッタナイ話があるか、ひやあ。

――ホントさぁ、ユクシムヌイや、あらんど。

――でもよ、考えてみりや、生きているあいだはどんな目に遭っていても、最後は、すー、とっていうのは、やっぱ、シアワセなことかもやぁ。

――や、やンよ、あ、あんたなんか、ま、まだ、シアワセさ……。

ここで、どもりがちの、かぼそい暗いトーンが入る。

――う、ウンチなんか、い、いや、ウチなんかよ……。

目をこらすと、異様に膨らんだ、今にもその場に座り込んでしまいそうな影のヤカラが、もそもそと言いだした。

――ああ、おまえ、やっと口利いたねぇ。さっきからおまえ、張ち切れそうな腹突き出して、むうーと白目剥いてるからよ、とても気になってたさぁ。

――ほれ、あんたの場合どんなふうだったかねぇ、話せるもんならば話してみれば。

――……。

――アイッ、黙ってないで、さっき、ちょっと言いかけたでしょ。

――そうだよ、腹に留まったきたないウムイは吐いてしまわんと。ほれ、ほれ、またどんどん腹が膨れてくるでないか。

――やンどーやンどー、うちらのタビは、彼方遠《アガト》いからヤー、今のうちにせめて心だけでもかるーくしておかんと、身が持たんしが。

――……。

――ハァッサ、まただんまりかぁ、話してみぃ、って言ってるのに。

――せっかくだから話せばいいのに、聞いてやるからさぁ、うちらで。

――やんどー、我《ワ》ッターヤー友達《ドウシ》やどぅやさに。

ここで、異様にヒステリックな声が入る。

――ヘッ、ヘーッヘッヘッ、なーにが、ドゥシ、やが。あんたよ、イーヒトぶってんじゃあないよ、死に損ないのマブイの身でよ。

――シ、死に損い、や、やてぃん、りっぱ、ピトゥどぅやたしが。

――ヘーッヘッヘッ、ヒ、ヒトだってぇ、アーッハッハハハハ……。

――あ、あんし、大笑《ウフワレ》いーすること、ないやし……。

――これが笑わずにいられるかって、アリッ、見てみぃ、あっちでちょこまかして、ぜんぜん落ち着きのないワラビンチャーの行列をよ、あれたちがどんな目に遭ってここに群れてるか、あんた知ってるかぁ。

――知っちょんよ、産《ナ》し親《ウヤ》んかいギャクタイさってぃ、捨《シ》てぃらったるワラビンチャー、んじャぁ……。

――そうさ、生まれてきた甲斐のない、生きていても、ヒト扱いなんかされたことのなかった連中さ。

——哀りなむんやぁ。

——エぇー、おまえよ、ヨソのマブイに同情してる場合か、聞くところによるとおまえ、異国のヒータイにやられたイナグらしいじゃないかぁ。

な、なに言うか、そういうあんただって、なにがあったかは知らんけど、自分からくびれてガジマルの木にぶら下がっておった、痩《ヤ》し枯れイキガっていうじゃないか。

——ヤ、痩し枯れイキガと、ヒ、人殺しヒータイにやられたのと、どっちがみじめかぁ。

ここで、威厳ありげな大女の影がぐわっと割り込む。

——エぇーひやあッ、汝達《イッタ》ーやッ、マブイの身になてぃん、争《オーエー》いすんなぁ。こうなってしまってからはよッ、なにをどう言ってみても、お互いサマってもんでしょうがッ。

——……。


もそもそとしたつぶやきに始まった、あんなこんなの憤懣やるかたない声々が、ケンカ腰の言い合いに流れていく。それも聞きつづけるうち、笑い声とも泣き声ともつかぬ、くす、くすくす、ぐすぐすぐす、となって引いていくのだった。

マブイのざわめきは、風のささやきとなって彼方へ消えかける、と思わせながら逆風に煽られまたいきなり渦を巻く。勢いのある声ごえが再び押し寄せてきた。騒々しい。騒々しくはあるがどこかしめやかに、熱い。途切れのない会話の渦にわたしの耳膜はくすぐりつづけた。くす、ぐすぐすぐすが、含み笑いを挟んだ告白になり、破裂する嗤いをともなったり、説教となったり……。


——あんしかんし、やたんテ、ワンのビンボー人生やヨ、ヘッ、ヘヘッ。

——そーねぇ、タイヘンだったねーあんた、でもやぁ、あんたの場合、時代がワッサタン、ってことでないねー。

——そーよ、みぞうの大不況とかでロクな仕事にも当たらんで、格差社会のどん底で這いつくばって生活せにゃならん、ちゅーのは、そりゃあタイヘンだったろーよ。

——えーあんた、いくらタイヘンでも、許せることと許せんことがあるど。あんた、苦労ばかりのおくさんと、5名もいたっていうまだ小さいワラビをウッチャラかして、プライドもなにもウッチャン投ぎて、ホームレスになったたって？

——あゐヤー、そーだったわけナ、あんたの隠してた事情ってのは。

——いくら時代がワッサタンって言ってもよ、それはダメさぁあんた、家族をウッチャン放ーりするのは、ここでは、無差別殺人と同罪、って言うど。

——やンどーやンどー、イキガのすることでないさあ。

数名の女マブイがぼってりと太った男マブイに向かって、やんわりと、じわじわと詰め寄っていく。その気配から後じさりつつもホームレスだったらしい男マブイは、めげるようすはなく自嘲ぎみの含み笑いをやめない。

——へへッ、へッ、だからヨ、ムクイは受けたって、ものの見事にヨ。

——ムクイ、ってか。

——それはそーかも、おまえさんの最後というのは、マチの暴走ワラビンチャーの捌け口の的にされて、袋叩きの目に遭ってよ、身元不明の変死体ってことで処分されたわけなんだろ、そりゃたしかにムクイだ、オレもそう思うよ。

——へッ、オレもそう思う、かヨ。

――そうさ、ムクイよ、因果は応報するってことよ。

――おい、おまえ、よく見るとイナグみたいなのにヨ、粋がってイキガ物言《ムヌイ》いしてからに、エラそーに上から目線で物言ってるが、そーゆーおまえは、誰《ター》やが。

――オレ？　オレが誰でも、ホームレス出身のおまえにゃ、つっこまれたくねーって。

――ケーッ、ケケケケッ、我ンや知ッちょんどー、汝《ヤー》が、何処《マー》ぬ誰やが、ってことをよ。異様に顔のデカイ、というより圧《の》したように広がった、これも性別のはっきりしないマブイのつっこみが。

――ナ、何か、おまえはまた……。

――我ン？　ワンのことはいいサ、今は、ヤーの話だろ。

――い、いいや、我ンのことより、お、おまえの面《チラ》よ、なんでおまえ、こんなチラしてる。

――ケッ、ワンのチラなんかどーでもいいって、話を摩り替える気だろーが、そうはいかんサ。

――いやいや、おまえのチラの方が大問題よ、踏みつけられた盥の底みたいだがおまえのチラ、いったい、何があった。

――ケケッ、これは親からもらったもんヨ、汝ーなんかになんだかんだ言われるすじあいや、あらんどッ。

――親のせいにする気かよあんた、世間では、三十過ぎたら顔も心も自分で作るもんっていうじゃあないかよ。ははぁ、さてはおまえ、何かのバチ被ってこんなチラになったってわけか、やっぱり。

――るせッ、何が、やっぱりか。汝ーやッ、自分のことは棚に上げてからにッ、このぉー、イナグイキガ、がッ。

――イ、イナグイキガの何が悪い、このぉッ、バケモンチラがッ。

――バ、バケモンー?

なにげなく始まったユンタクはどうしてもこのようなオーエーになってしまうものであるらしい。そこへ割り込む、声高な、がなり声。

――ハイヨッ、ハイヨ、ハイハイッ、汝《イッター》らヤッ、まだまだマブイの世界に住む資格はないサイガッ。

――ナ、なんでよ。

――チラがどーの、カーギがどーの、どこの何者だから何だかんだ、挙句によ、イナグとかイキガとかヨ、ハァーツ、こんな、どーでもいいことをごちゃごちゃオーエーのタネにするのはよ、あっちの世界での話サイガッ。

――あっちの……。

――そーサイッ、見かけや立場で、人格、いやマブイ格を決めつけるのは、あっちの人生で汚れたヤカラのやることサイガッ、マブイとしては修業不足サイガヨ、サイッ。

――……。

――マブイのチムグクルの足りんヤカラはヨ、ハイヨハイハイッ、アマんかい、ケーレ、ケーレ。

――ハァッサ……。

――ケーレ、って言われてもよ……。

――ホント、どこに帰れっていうのよねえ。

――デージ、ひどい言い方サぁ、それって。

――アマにもクマにも、帰る処なんかどこにもないから、オレらは、ここに、こうして居るわけだからよ。

――そーよ、そーよ。

――フンと、フンとよねー。

――フンとに、ひどいサ。

――ヤンど、ヤンど……。

――ヤさ、ヤさ……。


あちこちで、連鎖反応するように相づちを打ち合う声ごえは、ふたたび風に流れた。遠くで渦を巻きかえし小さくなる、と思うと、また急に高くなったり。そのうち風に巻かれて散っていく。ただのノイズとなって。乾いたこえごえの余韻がえんえんと続くその群の中に紛れ込んでしまったこの身の、あまりの頼りなさ。薄手のジャンパーを掻き合わせ、わが身を抱きしめた。そうしながらまた爪先立ちになり、群の流れを見渡した。

気の遠くなるような、長い長いマブイの行列だ。

見捨てられた影のマブイたちは、ねじれた護岸端の異空間でひっそりと蘇っていたのだった。くろぐろと厳そかに続くマブイの群れから、むぅーと立ち込めるコゲの嗅いがいよいよ強くなった。焦げつくマブイいきれに抱きこまれ、わたしは、前へか後ろへか、じりじりと押し出されていった。煙るようなマブイのざわめきに押され押し返されるうち、わたしは密かに理解する。これら異形のモノたちがどこからやって来たかを。屈めていた背を思い切り伸び上がらせ、もう一度ゆっくりとマブイの行列を見渡す。そうやってまた、でこぼこにゆれる渦の中へと身を沈め、じっと耳をそばだてる。もしや、消息を絶って久しい我がイナグドゥシの影がこの群れのどこかにまぎれこんでいるということがあるやもしれぬ、という気がして。

それにしても、湿っ気た風だ。

護岸通りの壁を前に、わたしは、ただ立ち尽くしていた。そうしていると、夕刻前の海岸に吹き寄せる風が、うっすらとした寂寥感を運んでくる。風の孕む透明な哀しみの記憶をわたしはたぐり寄せなければならない。ひゅひゅっ、と風の音が強くなった。ひゅひゅっ、びゅびゅびゅッ、といよいよ激しくわたしを打ちつける。風の音のあまりのおどろおどろしさに、なんたるイナグドゥシ！
わたしはわたしに向かって、吐き捨てるようにそう言ってみた。

水上揺籃

1　シマ降り

月桃紙にデザインされた見開き一枚の舞台プログラムをテーブルの上に開く。繊維の浮いた表面を透明感のある淡いブルーのセロファンで包むというかなり凝ったものだ。紙というより、薄いパネルを思わせる物質感が見る者の目をそこに惹きつけずにはおかない。目を近づけている間はすぐにそれとは気づかぬが、頭を軽く後方に引き視線を浮かせるようにして眺めると、人物の写真がぼかしで入っているのが分かる。炙り出しの絵のように像が見るみる滲みでてくる、というのではなく、ある角度にくると、ふっと湧き上がるように紙の表面に像が立つ、そんなあえかな現われ方をする。

琉装の女性の全身像だ。

結い上げた髪と円やかな面《おもて》。着流した紅型《ビンガタ》の裾の広がりと前後に垂れかかる飾り帯。両肩からウエストを絞るようにして落ちてくる襟線。裾を軽く押さえて揃えた手首の位置。それらが濃淡の青に染って程良く釣り合い、向かって左斜めへ流れた肩の線が、腰の動きに乗って波打つ揺らめきをこちらに伝えてくるのは、実際の舞台を収めたもの、と思われた。瞬間を把えた舞いの、静と動のあわいに揺れる仄かな情感が、薄い一枚の色紙に漂う。だが、視線をちょっとでもズラすと像は光のぐあいで紙の内部にスッと隠れてしまう、というたわいのないものでもある。

像が消え、薄青い皮膜に血脈のように木目の浮き上がる紙の表面を、肩を屈めて見入った。そういう距離の取り方をしては像はますます捩れて膨らみ、琉装の女性の全身像はたちまち見失われてしまうのだが、その変形した部分はかえって微妙に表情を帯び、歪んだままのかたちでこちらに迫ってくる。切れ長に描かれた目許に笑みを含ませ、その面が、ゆらりと傾く。ほっそりした手首が持ち上げられ、空《くう》を這い、なだらかな細い肩がゆるゆると動きはじめる。このままの姿勢では部分だけが膨張しつづける一枚の紙の世界に、わたしは呑みこまれかねない。

慌てて屈めていた背を起こした。幅広のソファの腰当てに上体を戻し、背筋を伸ばしつつ顎を持ち上げた。

そこで視線が把えたのは、乾いた灰色の岩場のむこうに、枯葉混じりのアダンの木が丸まった影を作り、もそりと茂っているだけの海岸線の部分風景だった。立上がって体を窓際へ寄せてゆき、半端に開かれた窓のカーテンをいっぱいに引くのなら、ガラス越しにも眩しさに思わず顔を逸らせてしまう真っ白の砂浜と、浜辺に寄せては返す小波の透明な手招きの動きが、多様に色を変え、厚みを増し、水平線まで押し上げてつづく海の面を、じかにこの目で確めることができるはずだった。そして遥かに空へと繋がる青と、その狭間に浮かぶ遠い島影、その手前で居座る黒い岩影も。

春の日の、そんなありふれた離島の海岸風景を、まともに眺めることのためらいが先ほどからわたしを壁側のソファに縛りつけている。仕切られ、冷房の効いた部屋はずっと座ったきりの体には冷たすぎ、澱み、ふと思い出したように流れだす空気の巡りが、どこからか侵入してきてそこらあたりに巣食う、出処不明の不安をまぜかえす。

海辺に立つリゾートホテル。その最上階。七〇一号。

過疎のシマに建つ七階建縦長のホテルはオープンしたばかりだった。どこぞの企業の資本を得たとかで、長い間世間から見放されていたシマに、突然建った白い人工物。こってりとしたホワイトに染めあげられた全身と、天を突く三角屋根が周りの風景を視野の隅に押しやり、そこだけ異様に立ち上がる直立不動の堅物さは、過疎のシマには何か場違いな印象を免れない建物だ。天に向かう果てなしの空洞を突き抜け、孤独に建つ塔。陽光に溶け、輪郭の線が揺れて見えるシマの風景とは折り合いがつかぬままに、海洋に浮くシマとホテルは、どこかそらぞらしい。仮寝に抱き合ったあとの男と女のよう。

とはいえ、わたしはこのホテルの外観を遠くからゆっくり眺めたというのではなかった。じつのところわたしの抱いたそのホテルの印象は、ほんの数日前に市《マチ》のひとり住まいのアパートへ送りつけられた案内パンフレットからのものだった。ホテルオープンの記念イベントとして、客寄せを目的に催されるらしい舞台案内も同封されたその封書は、突然舞いこんできてわたしを戸惑わせ深い溜息をつかせたのだった。その戸惑いと溜息は、前触れなしにやってきた二つの案内に直接の原因があるというのではなかった。郵便受けから滑り落ちた厚ぼったい横書き封筒の裏に、あえて思い出そうとしなければそのうち忘れてしまえると思えるまでに、存在惑を喪いつつあった男の名前を読みとったからだ。

ワープロで印字された、Y……というその文字は、わたしの日常に張り巡らされのっぺりとなった感情のベールを乱暴な仕草で突き破り、いきなり記憶の壁を押し拡げたのだった。いったんそうなると、存在感を喪いつつあったはずの男の像は驚くべき鮮かさで甦った。やぁ、と声さえ聞こえてきそうに字面が長めの面立ちとなって立ち上がる。ひとつづきの文字の並びから剥ぎ取られた時間の層に、むきだしになった記憶の像としばし向き合った。背丈も肩幅もあるYの体軀、黒目の多い女性を思わせる瞳、器用に動きまわる男としては細くしなやかな指、おし黙るとへの字に曲げられた頑固な唇、その口許が少しばかり緩みを見せ、狼狽するわたしをからかうように見つめていた。

Yによって演出された舞台の場面に、あの後すぐにもわたしは連れ出されたのだった。


……出し物は、組踊《くみうどぅい》〈執心鐘入〉。いわゆる一連の道成寺物。王朝時代末期を背景に、ある村里に住む宿の女の鬼に変じるまでにいたった美少年への執心が、高僧の念力によって寺の半鐘の中へ封じ込められる、という、いかにも、神秘の幕を纏った王朝世界はすでに色褪せ借り物の封建のモラルが時代に浸透しはじめた頃の物語だった。ここにいう王朝時代とは、南海の洋上に点在する島々の一つに、偶然にも花開いた琉球王朝をさす。もっとも、その作品成立の過程にヤマト芸能の〈能〉の影響を認めるのは、道成寺物、という分類用語によっても明らかなこと。作者は琉球古典戯曲組踊の創始者として後世に名を馳せた王府お抱えの踊り奉行、玉城朝薫《たまぐすくちょうくん》。

場面は、夜中の森に一軒だけ佇む猟師宿。首里《しゅり》奉公の帰途、日暮れて森に迷いこんだ中《なか》城《ぐすく》若松は一夜の宿を森の一軒家に求める。美少年の誉れ高き若松。その寝姿を盗み見る宿の女。若松の美貌を一目見るや、女は激しい恋情を覚える。一瞬のうちに燃えさかる愛欲を女は告白する。

――起《う》きりきり、里《サトウ》よ、語《かた》れ欲《ぼ》しゃぬ。

だが、エリート官僚候補生として世間的義理人情を体現する若松に、女の一途な激情は危険きわまりないものにしか映らない。

――今日《きゆ》ぬ初《はつ》御出会《ウチエ》に、語るくとぅ無《ね》さみ、
御縁《ぐいん》てや知らん、恋《くい》ぬ道知らん。

逃げ腰の若松に、男と女の愛の真実を説きつつ迫る女。

——深山《みやま》鶯ぬ、春ぬ花ぐとぅに、
吸ゆる世の中ぬ習《なれ》や知らに。

——知らん。

つれない若松の拒絶にも、いっそう募るばかりの女の思いが、地謡のうたいに乗って奏でられる。

——及《うゆ》ばらん里《サトウ》とぅ、予《かに》てぃから知らば、
何《ぬ》ゆでぃ悪縁《あくいん》の、袖に結びやびが。

うたいにそそられ、いよいよ高まる女の情欲が、片時も揺らぎを見せぬ頑な少年の拒絶に行き場を失い、ふつふつと恨みに転じる瞬間を、あの時、わたしは演じなければならなかった。得られぬものへなおも焦がれ、求めつづける女心。愛《いと》おしい、憎らしい、切ない、恨めしい。引き裂き合う感情の交錯が美しい女の容貌をじりじりと滅ぼす。鬼と化するしか方途のなくなった女の情念。唱えは途切れ、小太鼓の抑えた早打ちのリズムが激情を顕わにしだした宿の女の動きを支配する。逃げまどう若松の肩へ、背後から雪崩れかかる女の腕、振り払う若松、追う女、若松は夜中の森にふたたび迷い込む。

若松を演じたのは誰だったか。相手役の記憶はない。Yでなかったことははっきりしている。あの時Yは鬼に変化《へんげ》しつつあるわたしを袖幕から見ていたはずだから。横手から注がれるYの視線を、熱い、と感じた時のことだ。初めの異変がわたしの身に起こったのは。動きを支配していた小太鼓の響きが、突然、消えた。後につづくはずの三線《サンシン》の音も。うたいも。相手役の唱えも。聴覚が機能していないことに気付いた。原因は分からない。何の予兆もなく音の喪われた荒野のような舞台で、わたしに向けられた夥しい観客の視線。時間の静止したまっ白の空間にひとり立ちすくむ。追ってきたはずの若松の姿も、ない。と、足許の板間を這うように、とう、とうとうとうとう、と寄せてくるものがあった。聞く者を否応なくその渦の中に巻きこむ波濤のリズム。その方へ面を向けた。しかしそれはわたしを誘うものではなかった。鬼面から覗いたそこにわたしが見たのは、青白く丸められた頭を一列に並べた僧たちの、ひたすらに祈る姿だった。とう、とうとう、というのは鬼を退散させる僧たちの呪文の唱えなのだった。片足立ちに身構える宿の女に浴びせられた、途切れのない呪文の波。とうとうとうとうとう……。行く手は阻まれ、片足立ちの女は身動きとともに少年への執心も封じられる。そして場面は鬼の狂乱が演じられなければならなかった。女は背筋を真っすぐに立ち上がらせ、両手をがつっと頭上いっぱいに開く。ぐっと首筋の付け根に力をこめた瞬間、またもやわたしを襲った予想外の出来事。片足立ちの姿勢を支えていた左脚の膝に、突然の激痛が走った。一瞬のうちに世界の全てを麻痺させる肉の痛みに体を貫かれた。鋭い神経の亀裂に、狂乱の舞いは鬼のおたけびに変わる。ぎゃあっあああぁっ。脚本にはない狂女のけたたましい叫び。あらんかぎりの声を張り上げ、大きく開いた両手で空を掻きつつ、くずおれる左足から半鐘の中へ転《まろ》び落ちる。客席から観たその様は、あるいは迫真こもる鬼の退散の演技にも映ったのだったろう。半鐘に身を潜め膝の痛みを堪えていたわたしに不満を表明する客席のざわめきは聞こえてはこなかったから。ただ一人、蒼然と引き攣ったYのその貼りつくような視線が、いっこうに引かない膝の痛みに蹲るわたしに、なおも注がれている、と感じていた。

あの時、舞台の上の異変を察知したのはYだけだったかもしれない。幕の下りた舞台に駆け込み、まだ半鐘の中に蹲ったままのわたしを見おろすYの目に宿っていたのは、憐れみだったか憤りだったか、絶望だったか。

シマにやって来る手続きの全ては、わたしの思惑や都合を無視したまま封書の差し出し人によって着々とすすめられていたのだった。ホテル案内のパンフレットと舞台案内の次には、一見規格外れの絵葉書かと見まがう、見開き一枚の一風変った舞台プログラム。その次には、一組の航空券と、離島航路のフェリーボートの搭乗券だ。

その二種類の券で、今朝わたしは、居住地のある市《マチ》からT島を経由しこのシマにやって来た。手配されたタクシーに乗りこみ、船着場から西廻りに半周した海岸沿いのホテルで降ろされた。フロントで名前を告げると、シマの住人でないことが一目で分かる身ごなしのボーイの案内でこの部屋に通された。その後は、この場所の、この位置に、ずっとこうしている。とりとめのない気分を壁側のソファに体を縛りつけることでバランスをとろう、とでもいうように。とりあえず一晩の予定で着替えを詰めこんだ小さな旅行バッグをベッドの上に投げ置いたまま。

案内のままにやって来てはみたものの、身ひとつを養うためだけに、市の商店街裏手にある文具店の事務員を隠れみのに暮らし、世間との付き合いも日に日に疎くなるわたしの居住先を、どこでどうやって調べあげたのか、招待客の名簿の中にわたしの名前を加えたYの真意は、分からない。強いてそのことを想像しようとする気力も、今は起こらない。座りすぎたソファからわたしはおもむろに腰を上げた。

2　劇場遠望

七〇一号を出て、受付フロントを左手に見る喫茶室。

運ばれて来た紅茶には手をつけず、籐椅子の背凭れに上半身を沈めたまま、ずっとわたしは左手後方の気配を気にしている。たぶんYは、あちらの方、わたしが背にしている手押しドアの向こうからやって来る。何となくわたしはそう思っている。濃紺のジャンパーを肩に引っ掛け、長袖綿シャツにジーンズというでたちで、ぶらりとYは登場する。まるでわたしを海辺の散歩に連れ出しにやって来たとでもいう気軽な顔付きで。片手をジーンズの前ポケットに突っ込み、無造作に伸ばした髪を時折撫で上げ、いくらかO脚ぎみの足を投げやりに運びつつ。そんなYの格好と動きはどうかすると三十そこそこの青二才にも見える。別れて以来二十年近くもの間一度も会うことはなかったということを、ついうっかりわたしは忘れてしまっている。だから舞台を見る前にできれば訊いておきたいと思っていた、シマのホテルでイベントの企画を引き受けることになったいきさつについて、出し物の内容について、演技者の顔ぶれについて、つい話し興じたりする。身振り手振りを伴った高い声を思わず発したりもして。けれどそんな場面は、もう決して起こらない。

溜息をひとつ漏らし、目の下の、小粒に花模様の散る白地の器に視線を落とした。器の表面に夕陽色の液体の膨らみを見た。眺めるだけで口はつけない。ゆっくり体を反らせてゆき、椅子の背凭れに張り付く姿勢になった。

手前に見えるのは、水中に向かって蛇の頭部の形に嵌入した岩。その先端の岩肌を均し、上方三分の二ほどをガラス張りにした方尖形《オベリスク》の筒。足場を水に沈め、岩の突っ先に乗っかかるように海上に立つ奇妙な筒は、今回のイベントのためにあつらえた劇場であるらしい。今わたしは劇場の舞台裏手を見ている、ということのようだが、それはホリゾントが掲かっているだけの空間で演技者がしこみのできる場所があるようには見えない。楽屋というわけではなさそうだ。そのさらに裏手にあるはずの舞台と観客席も、薄ベージュの垂幕で遮られ確認することはまだできない。だが、特別あつらえのその場所が劇場であることを知っている者には、風変わりで閉鎖的なその外観が何やら密室めいた舞台空間を色濃く浮かび上がらせるのに充分な効果はあった。時代もののアングラ劇場が装いを改めいきなり水上に浮上した、とでもいうようなな。本来の用途としては海上展望台といったものなのだろうけれど、何らかの仕掛けで海の上にそのスペースを広げ、今回のイベントのためのミニシアターとして仕立て直された俄かづくりの水上舞台、といったところだ。観客もホテルの宿泊客に限定するという贅沢な趣向のようなのだ。遠景は横手から突き出た別棟の庇で視界が詰まり、遥かに空へとつづく水の広がりもまだこちらへはとどかない。眼前は観葉植物に飾られた小ぢんまりとした中庭だ。

窮屈な思いが喉の渇きを呼んだ。テーブルの上で静止したままの夕陽色の液体に手を伸ばしかけたとき、

――御無礼《グブリー》さびら。

思いがけずに心地良い響きの声が、歌いかけるように頭上から降ってきた。日常では、

もう耳にすることのなくなった、仄かに王朝の名残りを思わせるその語りかけを、どこからか零れてくる沖縄芝居《ウチナー》の科白だと思いながら、ふとなつかしいとも感じ、声にゆすられたようになって目を起こした。ふくよかな白い顔に藍染めのワンピースをムームーのように着流した女が、目の前にすいと立っている。こちらの心を覗きこむような曰くありげな目の光りに射られ、断る理由も思いつかずあやふやにわたしは頷いた。

——ほんとうに、よく来てくださいましたわ。こんな辺鄙なシマに。

すばやく切り替えられたあざやかな標準語は、先ほどの芝居言葉を幻聴だったと思わせるほどに流暢だ。戸惑いが先にたち、すぐには返す言葉がでてこない。ゆるりとした貫禄を見せてそこに立つ女は、南のシマでバカンスを楽しむ有閑マダムにも、このホテルの女性オーナーにも見える。客の様子を窺うためにあたりをひと巡りしたあと適当な話相手を見つけて声を掛けたというぐあいに、女はわたしのま向かいに腰を下ろした。芝居言葉のイントネーションから連想された、内にこもるような翳を滲ませる、南方的け、だ、る、さ、はどこにもなく、すっきりとアカ抜けた都会ふうの顔が正面に収まった。視界の膜が一枚剥がれる気分だ。

――良い席を選びましたわ、じつはこの席、とっておきの席なのよ。ごらんなさい、この窓には海の風景が絵のようにきれいに入ってくるでしょう、ここからは、海の表情が、こんなによく見えるわ。

滑らかに流れる調子に押しの強い響きが混じっている。何か腑に落ちない言い方だ、と思いながら言葉に釣られて首を廻した。

そこでわたしの目に入ってきたのは、やはり、水に嵌入した岩場の先の建築物と、その手前で揺れる水のたまりだ。女の向けた視線の方へどんなに首を伸び上がらせても、女のいう、表情のある海の風景というのは見えてはこない。ふと浮かんだのは、黄緑から濃紺へ、群青から深緑へと連なる、水や空気の茫洋とした漂よい、灰白色や黒褐色に固められた影。海や空、岬や岩や浜、と呼ばれるあれこれのこちら側で、どうしようもなく窮屈さに閉じこめられている自分を意識するだけのこと。

見渡してみると、喫茶室の窓枠は天井高くに位置し、こちらからは窓枠そのものが風景の額縁の役割を果たすということはありえず、むしろ窓外の風景を見ているつもりの女とわたしの方が額縁の中に描かれた人物の役割を演じている、といった方がいい。それに女の側からはわざとのように観葉植物の折り重なる葉陰が広がり、そこから遠くへ伸びる海への視線は遮られているはず。絵のようにすっぽりと視界に入ってくる海の風景を、今女が見ているというのなら、それは倒錯した女の目に映った海の風景あるいは幻影なのだ。

そう思い、相手を見返したが、その表情には微妙なウソをついたときの取り繕いの気配さえなく、爽やかな笑顔をたたえている。流れるように演じられた完璧な芝居を見せつけられた感じだった。相当な役者のようだ。

――あと何時間かすれば、あちらで、ほら、あのちょっと変った水上の劇場で、とっておきの舞台を楽しんでいただけるわ。

とっておきの、というところにねばり気のあるアクセントをおき、女はその言葉をくり返す。このシマのものは何もかもが特別のあつらえだというようなのだ。女の醸す濃い匂いと芝居っ気に圧倒され、いつまでも対応の言葉は見つからない。あいまいに緩めた顔を女に向けている。食い入る真剣さでまだ海の方を見ていた女が、その時、ぐいと胸を反り腕を組んだ。突き上げるように窓外へ向けていた顎を引き、今度はさりげなくカウンターの方へ合図を送っている。すばやく近づいて来たウエイトレスへ、組んだ腕はそのままに、わたくしにも紅茶を、と指示するその風情は、やはりこのホテルのオーナーのものにも思われた。余分な装飾を排したゆるい丸襟のワンピースは女にしっとりとした落着きを与えているが、厚めの化粧を施した大づくりにあでやかな目鼻立ちとの組合わせは、よく見るとちぐはぐで、そのためか年齢はちょっと未詳。見方によっては四十を少し越えたばかりにも、ひょっとすると七十に近い老女の化け姿ともとれるふうがないこともなく、何やら捉えどころのない雰囲気を漂わせる女だ。濃い瞳に惹きつけられた。いつかどこかで会ったことがあるという、妙にくすぐったい感慨を起こさせる。ひっかかりの原因は、たぶん、これだ。

——突然のことで、驚いたでしょう。いきなりこんな招待を受けて。いえね、あの人が、どうしてもって、どうしてもあなたに参加してもらわなければ今度の舞台の意味がない、なんて、そんなことを言いだすものだから。そりゃ、あなたのお気持やご都合も伺わずに不躾だとは思ったのよ、でもねぇ、あなたがいなければ舞台そのものの意味がないなんていわれるとねえ、私としても、どうしても来ていただかなければ、という気にならないわけにはゆかなくって、それでね、あんなものを、不躾を承知でお送りした、というわけなの……。

女の吐きはじめた言葉はたっぷりと訓練を積んだナレーターさながらの流暢さで、堰を切って押し寄せる。こちらのどんな反応も目に入らぬという勢いだ。押し流されこちらの言葉はいよいよ内にこもってしまう。

——そりゃ、もう、今度のイベントを実現にこぎつけるまでにはいろんな困難があったわ。手ひどい反対にだって遭ったのよ。でも、よく考えてみれば反対に遭うのは当然のことでもあったんだけれど。だってね、百人どころかその半分にも満たない観客しか動員できないイベントが、経営的に何らかの見返りを期待できるはずはなかったし、こうしていくらきれいで大きなホテルを建てたって、人目を惹くものなんか何ぁんにもない、こんな辺鄙なシマに、お遊びの舞台を見に来てくれる変わり者が、このせわしい世間にそうそういるとは思えないしね。ごらんなさい、見てのとおり、このシマには観光の目玉になりそうなものは、あの海と空以外は、何ぁんにもないわ。それでもね、今度の企画はあの人の年来の夢でもあったし、少しでも意に添うようにしてあげたかったの。それで、私としては一肌脱がなければ、という気にもなったってわけ、分かっていただけたかしら。

女はそんなことを一気に説明してみせる。言葉の切れ目にうごめく疑問をわたしは呑みこまなければならなかった。Yと女の関係が見えない。たんなるオーナーと舞台演出家というには、女の、それこそとってつけた物言いには熱がこもりすぎ、淫靡だ。

女の言葉によれば、あの案内の送り主はYではなく女から、ということになる。正確にはYの意志を女が実行に移したということのようで、まるでYとは一つの意志のもとに繋っているとでも言いたげなのだ。それでも、わたしのYへの疑惑や女への嫉妬心はとくに言いたてるほどのものにはならない。舞台へ立つことを辞めて以来、すっかり澱んでしまった自分の感情と改めて向かい合うだけのこと。

それにしてもYはなぜわたしでなければならないなどとあえて言ったりしたのか。どこからか立ちのぼってくる記憶の陰影に引きずられた。やっと振り切れたと思っていた、遠い人との関りの中へふたたび嵌りこんでゆく緊張と不安。それから逃れようとする咄嗟の感情のうごめきが反撥心に転じた。底意地の悪い快感に揺すられゆっくりとテーブルの前へ身を乗り出していった。すっかり冷めてしまった紅茶を一口啜ると、まっすぐに目を起こした。女と対決しようとする自分の感情の、意外な強さを意識しつつ、わたしは口を開いた。

――どういうことなんです、今度の舞台をわたしに見てもらわなければならない理由、というのは。かつてならいざ知らず、今ではもう舞台の世界なんて、わたしには縁のないもの、そう思ってますのに。

どこか女のものに引きずられている自分の口調がうそ寒い。舞台の話など今さら口にしても仕方がないではないか。わたしは男の仕掛けた舞台を外側から眺めるためだけに、ここへやって来た。それ以外の目的など他にあろうはずもない。ましてや初対面の女とこんな打ち明け話など、もってのほか。だが女はわたしの言葉にこめたアクにはまったく関りはないという浮いた目で、冷やかな笑みを保ちわたしを見返している。

――そういうことは、このわたしにも分からないことなのよ。あの人の気持をできるかぎり満足させる舞台を作ってあげること、あの人のメッセージをお送りして、このホテルであなたを歓待してさしあげること、私の役目はそれだけなんですから。

――何のために。

――何のため、なんて、そんな言い方、あなたらしくないわねぇ、以前のあなたなら、そんな言い方はしなかったはず。そうでしょ、それこそ演じることに夢中で、舞台に立つことに目的や意味を与えようなんてことは考えてみたこともなかったはずだわ。いったん舞台を離れると人が変わってしまう、ということなのかしらねぇ、でも、それも仕方のないことかもしれないわ、舞台を離れてこんなに時が経ってしまってはねえ。もっとも、こんなことを言うこの私にしたって、もうずいぶん前からすっかり傍観者《アウトサイダー》になってしまったのにはちがいありませんけど。

いったいあなたは誰？　訳知り顔にそんなにしゃべりたてて。かつてわたしが何を考えていたかなんてことは、自分自身でさえもう分からなくなっていること。それを見も知らぬ他人からこんなふうに言われる筋合いは……そう言ったつもりの言葉は喉の奥にこもってゆく。かわりに、女に対する密かな興味がわたしの中の何物かを揺り動かすのだ。わたしはあらためて女を観察しはじめた。よくよく見ると女には、額中央の線をちょうど等分にする位置に米粒ほどの紫の黒子がある。紫に見えるのは地肌をすっかり隠してしまう厚塗りのファンデーションのせいなのだろう。パクパクとよく動く多少大きめの唇はほんのりと形がよい。無造作に垂らしたウェーブのかかった髪は染めあげたものなのか、黒一色に光り、話すたびにゆらゆらと揺れている。オウラのようなものが女のまわりに漂っているると感じるのは、鮮やかな容貌を包むその濃いベールのせいにも思われた。わたしの視線に晒されるままになっていた女の表情が、その時ふっと変化し、首をひとつふたつ横に揺らしながら笑いを零した。

——あなたは、本当に、私のことを忘れてしまった、というわけなのねぇ。

からかいの含みをこめ女は言う。

——でも、こうしてみると、どうかしら。

女は両手をひょいと首の後ろへ廻し、肩に垂れかかった長い黒髪を手で束ね、くるくると巻き上げはじめた。どこに隠し持っていたのか竹製の簪《ジーファ》を手にしている。巻き上げ丸めた髪の根にジーファを突き刺すと、女の髪は豊かに膨らんだ、まに合わせの沖縄結髪《ウチナーカンプー》に結い上がってしまった。ほつれ髪がビンタや襟足に流れ女はいよいよ妖艶さを増す。おくれ毛を撫であげながら立ち上がり、手に取ったテーブルの上のナプキンを、いったん広げ縦に折りだした。それを投げ掛けるように右肩に垂らすのだ。八つ折りの白い布は手巾《ティサージ》の代りということが分かるやり方だ。その格好で女はこちらに流し目を送ってくる。濃紺のワンピースに白いティサージを肩に垂らすウチナー結髪《カンプー》の女。あ、私は軽く叫び声を上げた。女のその姿は女の意図のままに、わたしのなかのある記憶を蘇らせたのだった。

あれは、たしか二十何年も前のあの舞台。

やっと訪ずれた南の秋の午後。

「現代《いま》を舞う舞踊家五人の競演」と銘打つ、華やかな広告のでた会があった。文化行政に熱心なある町の企画で、会場は、最新の音響設備と照明技術を取り入れて建てられたという触れこみの、民家を遠くに見渡す砂糖黍畑《ウージ》のど真ん中に佇立する建物だった。プログラム前半は、〈古典七踊り〉と言われる多少重いものの中から、それぞれの得意芸を中心に、休憩後の後半には、新作発表を兼ねた趣向のもの。その二番手として登場したのが、動きの華麗さと力強さで定評のあった玉城瑞穂だった。

作品は〈遊び花風《あしい》〉。流布された遊女舞いを振り付け直したものと察しのつく新作だった。目の覚めるような無地の紺絣のウシンチー姿に、藍染め傘を片手に、優雅に舞いだした瑞穂の所作は、定評どおりの芯のある力強さをみせ深い情念の遊女を演出していた。舞いの後半、去りゆく恋人との別れの場面を表現する段であった。舞台の瑞穂を見つめる客席からざわめきが起こった。つかの間の逢瀬の後の別れに、遊女が名残りの思いを伝えるために振り上げる習いの、紅い花染《ず》みティサージを、あろうことか、掛け忘れたまま舞い手が舞台に立ったらしいことを、観客側が察知したのだ。やがてざわめきは興味の視線へと変化した。一流をうたう舞踊家の前代未聞の失敗劇が、どう展開するかという緊迫感に、会場全体がドラマチックな興奮に包まれたのだった。しかし失敗劇に終るはずだった玉城瑞穂の〈遊び花風〉は、その後かえって人気を呼び、名振り付けとして上演回数を重ねることになった。

それは、あの時瑞穂の演じた次の所作に由来する。

とつぜん布を切り裂くビリビリッという音がざわめきの間に響くのを観客は聞いた。藍傘を肩に傾め後方へ移動する舞い手の、傘に隠した右腕のあたりから音は発された。固唾を飲む観客の方へゆっくりと面《おもて》を向けた舞い手の右肩には、白い、いくらか広幅のティサージが掛かっていた。瑞穂は紺地の袖口から破り取った、絹布の白襦袢の片袖を、舞いのリズムに乗せながら折り畳み俄かティサージを作ってしまったのだ。その後の瑞穂の舞いは観客の興奮と興味の視線を、いっきょに緊張と陶酔に引きこんだのだった。

数日後に書かれた新聞の舞台評は、瑞穂の〈遊び花風〉の失敗談に話題が費やされた。小道具を忘れて舞台へ立った舞踊家への批判より、失敗はさておき、その機転の見事さへの賛辞が優った。何より、紺地にまっ白のティサージという色の組み合わせが紅の布に遊女の情《ナサキ》を重ねる習わしをうち破り、観客に新鮮な発見を呼んだ、遊女の深い情念が別れを告げるティサージの白の中に思いがけず昇華していくことになった、などという思い入れのある評さえあったのだ。あの後、惜しまれながら琉舞界を去った瑞穂は、県外公演の際に見染められたさる富豪のもとへ嫁いだと聞いていた。

今わたしの目の前に立つ女は、あの玉城瑞穂に重なる面影を際立たせている。いやこの女はまちがいなく瑞穂本人だ。二十何年という歳月と、舞台からは退いたということが瑞穂の容姿をいくらか弛緩させてはいたが。

――憶い出してくれたらしいわね、私を、というより、私の〈遊び花風〉を。

――ええ、憶い出したわ、はっきりと。こんな所でこんなふうに会えるなんて。

――あなたと私は、会えるように仕組まれていたのよ、Yの意志によってね。

なぜ、と言いかけ、またしてもわたしは口を噤まされる。わたしの追及はまるで独言であったと即座にとりなしてしまいそうに、瑞穂の目許は思わず顔を背けたくなる涼しさなのだ。Ｙの意志があなたにはもう通じなくなったのね、と言っているような。じっさいにわたしは女からすっと顔を背けた。その顔の動きを追うように小さな細い顔が目の前に突き出された。瑞穂に紅茶を運んで来たと思われたウエイトレスが腰を屈めてき、名前を確認する。頷き返すと、お電話が入っております、と言う。

小波に乗って運ばれてきたというような声が受話器からゆらゆらと流れてきた。

——リハ中なんだ。ちょうど中盤に入ったところでね、今はちょっと、目を離すわけにはゆかないんだが……。

そこまで言っておいて、相手は、声ともいえぬ、出しかけた言葉を引き取った後に溜息のように残る音を漏らした。言うべき言葉を前後させてしまったというようだった。

——いや、いきなりで悪かった、来てくれたんだね、きみに来てもらえて、ホントによかった、とても嬉しいよ。

遠くから読み上げた舞台科白のようにこちらが赤面するほどに湿ったトーン。聞き方によっては無礼にも感じられ、すぐさま、ええ、と返してはみたものの後は何と言っていいのやら。何しろ二十年近くもの間一度も耳にしたことのない声なのだから。

——こっちに来ないか。本当は僕の方がそちらへ行くのがいいんだが、言ったように今は、いろいろと目を離すわけにはゆかない状態でね、せっかくなんで、本番前の舞台をきみに見てもらいたいという気もするし。

声の主は海の上に浮かぶあの仮設舞台の中にいるようだ。ひと頃、芝居の演じ手でもあったYの声は響きがいい。内の方で激しく燃えるものを、もう表には出すまいと決意した穏やかさが波の揺らめきのように伝わってくる。力をこめているわけではないのに変に押しのきく発声は、あの頃のYの姿をそっくり思い描かせるので、声の招く倒錯した境地へたわいもなくわたしは落ちてしまう。ここではないどこか遠いところへ誘われる。緩んだ気分を持て余しぎみに受話器に耳を押しつけていた。すると落着きの悪いある感覚に把えられる。こんなふうに、ある日突然予告もなくわたしを誘いにやって来る男の声を、いつかどこかで聴いたことがある、といういやに生々しい既視感《デジャビュ》。

俄かに疑いが起こる。電話口のむこうに本当にYはいるのだろうか。この耳にとどくこの声は、わたしをこのシマへ誘いだすためにどこからか流された録音テープからのものにも思われ、声の背後に潜む得体の知れぬものの企みの気配に、こめかみから首筋にかけての神経の線がぴくりと反応する。受話器を耳に当てたままネジ仕掛けのロボットの動きでぐるーりと辺りを見廻した。

ま新しさがそこらに漂う角切りの空間。その縁に座ったテーブルの上には、向かい合う飲み残しの紅茶の碗が二つ。瑞穂はいつのまに席を立ったのか、姿がない。不安が起こる。あれは本当に玉城瑞穂だったのか。いったいここは、どこなのか。あらためてゆっくりと辺りに視線を這わせた。置かれた場所にはまだ訓染めぬふうに今にも滑りだしそうな調度や飾り物。狭くはないがそう広いというほどのスペースでもなく、喫茶室はわたしの立って来た席を除く空席を数えてみると、ひとつ、ふたつ、みっつ……ななつ。初老の夫婦らしき、もの静かな品の良い二人連れと、若いさばけた雰囲気の男女のペアが、それぞれ窓寄りに陣取り、一方は密やかに、一方は花やかに談笑している。レジカウンターの横から見える水の上には、例の海の中に嵌入する人工岩場の根っこの部分。屋内からの視界は相変らず切り詰められたまま。やがてそれらと自分との間の距離感に不安がるほどのあいまいさを感じなくなった。それぞれにそれらしく収まりつつある物々の配置がとりあえずわたしの感覚を落着かせたようなのだ。

――そっちへ行くといっても、こちらからはどうやって行けばいいのだか。ここから見える浜辺には、ボートのようなものは見当らないし、かといって、泳いで渡るというわけにも……。

――ああ、なにも海を渡って来い、といってるんじゃないよ。ホラ、そこからはよく見えるはずだ。ここまで伸びた岩場がさ、それは舞台への橋掛かりのつもりでセットしたんだが、きみはただ、その橋を渡ってくればいいだけの話さ。

――でも、橋掛かりというのは演技者のための花道というわけなんでしょう、その花道を、観客であるわたしが通るわけにはゆかない。

――何だって、何を言ってるんだ、きみは。このシマに一度足を踏み入れた者は、誰もみな演技者になるしかないんだ、観客席で安住するなんてことは、許されない。つまりね、シマそのものが劇場というわけなんだから。そのことは予め送っておいた案内の中に詳しく書き添えてあったはずなんだがね。案内書に、ちゃんと目を通してはくれなかったのか。

言われてみれば、あの横書き案内書の一ページにそんなふうな文面はたしかにあった。あのとき、驚きと戸惑いの中でそのことに気を留める余裕がわたしにはなかった。小波のようにこの耳にとどくYの声は、意識から遠ざけておいたかつてのYの舞台を、いきなりななつかしさで甦らせる効果をもたらすのだった。

それは、七十年代のひと頃を、東京新宿を拠点に小劇場を渡り歩く劇団の一員であった体験をもつYの、舞台役者兼演出家としての心意気を思わせる舞台作りだった。十五夜の月明かりだけで演じられた宮廷古典舞踊。観るのではなく聴く芝居をと、舞台を暗転にしたまま観客を闇に向かわせた状態でえんえんと朗詠された、ある琉球歌劇の大団円を演出するつらね。楽屋ウラそのものをオモテ舞台にするという劇中劇をてらった趣向の、内容に予告のない劇は、素面の役者が四方山話をするうちに舞台が展開し、それぞれの配役の仕度がすっかり出揃ったとき芝居は終幕を迎える、という転倒劇だった。なかでも、もっともわたしを刺激したのは、ムラ祭りの奉納芸能の演技者の中に役者を紛れこませ、実際の祭りの場そのものを舞台として利用したハプニング劇だった。この方は神聖なる祈りの場を冒瀆するものとして世間を騒がせ、ちょっとした物議をかもす元になったものではあったけれど。

Yは、ウチナー芝居の大御所を父親に持つ、いわゆる二代目の、当時珍らしいヤマト帰りの芝居役者《シバイシー》として一角の役者でもあった。そのYが、舞台へ立つよりも創る方へと活動の比重をだんだんに移してゆくその頃だった、Yの舞台へわたしが初めて立つことになったのは。巷で看板を揚げる、ある琉舞道場から賛助出演者として派遣された、芝居の終幕を飾るそれこそ大盤振舞いの集団舞踊の一踊り手として、だった。

——とにかく、おいで。往生際の悪いことをつべこべと言いたてないでさ。こちらへ来る道順が分からないというのなら、これからゆっくり説明するからさ。いいか、よぉく聞くんだ。

低く抑えていても身についた命令の口調はごうも隠さない。下手な役者の演技に辛抱強く動きの指示を与えてやる、というようでもあった。

一階ロビーの喫茶室裏手から浜辺へ出ること、それがYの最初の指示だ。

喫茶室裏手のドアを押した。

3　砂流

一面の砂が正午の光をいっせいに反射してくる。一瞬しらみ、バラバラにとびちった風景の破片が、しずかにしずかに地におりてくる。すっかり沈みきったところで、脱色されたまっさらの砂のたまりを見た。

さらさら、さらさら、と足許からシマが流れる。

どこからか流れ着いて波に洗われたゴム人形の首とか、だれかが置き忘れたビーチサンダルの片割れとか、縒れてひしゃげた麦わら帽子の庇とか、紙屑とか、空カンとかビニール袋とか、そんなものはどこにも見あたらず、石の破片やら欠けた貝殻さえも見つけることのできない、ただしろいだけの砂のたまり。

これはたぶん、人工の砂浜なのだ。波打ち際に沿ってのびてゆくかわいたその広がりは。内部のどこかしらにかげを含むシマの風景とは反りがあわぬふうに、海の水の多様な色合いにも溶けこめず、そこに立つ者を砂浜ごと浮きあがらせてしまう。

浜辺を横切って、海に突き出た岩場の方へ歩いてゆけば、岩場の根っこが別棟の建物とつながったところにセメント作りの段差があってね、その階段を上がってくれば橋掛かりのとっかかりがある、そこをずっと渡ってくると舞台裏口にたどり着くことになっているんだ。そうYは言った。

緩やかな曲線を描いて水辺を取り巻く浜辺に、今のところわたし以外に立つ人影は見当らない。ホテルの宿泊客はまだ部屋にこもっているか、そうでなければ、この海や空以外はとりたてて見るものなどあるとも思えぬ、シマのどこそこに、散策に出掛けてでもいるのだろう。過疎のシマの海辺のホテルを、背後からの水の浸入を防ぐように囲いこむ人工の浜辺に、こうして一人で佇んでいると、ここに招かれたのは自分ひとりきりのような、あとしばらくすれば始まるという海の上のイベントも、わたしのためだけに催されるというような、そんな気分になってくる。

光に慣れはじめた目が陸のそこここでぼあぼあと光の陰影に揺れる風物を眺めた。俄か仕立ての海上のオベリスク劇場は、陽光に反射する水のたゆたいや天上の青にまぎれ、別棟へとつながった岩場の根っことこちらの間に浮きあがるのは、どうかすると箱庭にも見えるしろい砂の間だ。

そこへ、一歩踏み込む。

と、わたしの中で何かが崩れる。片足をほんの十数センチ宙に持ち上げ、下ろすという何げない歩行の所作が、不意の行為のように、突如としてわたしの無意識に割れ目をつくるのだ。支えにしていた方の左足の側へ、上体が大きくかしぎ、反りあがり、反射的にバランスをとろうとする両手があたふたと泳ぐように空を掻きあげる。砂に溺れかけ、天に助けを求めるとでもいうように。けれど次の瞬間には、実際にそんな動きを実際に自分の体が行ったかどうか、知覚することができない。わたしは真っすぐに背筋を伸びあがらせ、欠陥のある左足を習慣的に庇《かば》いつつ、そのことをあえて意識すまいと、一歩一歩砂を踏みはじめる自分を感じることができたから。バランスを取り戻した足が交互に砂を踏む。砂場にさっくさっくといくつもの足跡ができる。いっぽ、にほ、さんぽ、よんほ、ごほ、ろっぽ、ななほ……。単調な歩行の所作がやがてわたしを内側から押しだしはじめる。密かな高揚感を伴った歩行のリズムに乗って、不安定な砂場を、さっくさっくさっくと踏み越えてゆくのだ。

二十数年前の舞台で起こった事故の後遺症を引きずって歩いている。

体のバランスを一挙に崩した足腰の激痛と、うたいを跡切れさせた耳の麻痺というあの二つの疾患は、外科や耳鼻科や神経科のどんな検査をくりかえしても説明のつく原因らしきものは見つからなかった。そのうち腰の痛みは軽く足を引きずるという欠陥を残し、何ということもなく引いていったが、耳の機能は数年が経っても正常に戻ることはなく、治療の方法もなかった。どうしても説明のつけにくいことがもう一つ。音から閉ざされたといっても、わたしの耳は日常の音を聞き分けることはできるというちぐはぐな症状を呈していたこと。電話のリンやテレビのコマーシャルソング、市中の雑音や病院の待合室での老人や主婦たちのとりとめのないおしゃべり、公園で駆け廻る子供らのはしゃぎ声。それらの音は以前と変わりなく聞き分けることができるのに、地謡の奏でるうたいだけがどうしても耳にとどいてこなかったのだ。音の伝わらない稽古用のテープを、音量のせいとボリュームをいっぱいに捻ったとき、グォッ、グォォォン、と体を打ちつけた脅迫めく地鳴りの振動に、ぎょっとして身をすくませた。大きく見開いた目で驚きを表わし、パクパクと動くYの口の開閉を呆然と見あげたときの一瞬笑い出しかけさえした、底の抜けた遠い感情。Yの声もわたしにとどかなくなった。切実に必要な音だけがわたしから遠ざかっていくようだった。それでもすでにスケジュールの組まれていたさる公的機関の主催する公演に、幸運にもあてがわれた一人舞いの舞台を、降りたくない、とわたしは訴えた。途方に暮れたYが考案した苦肉の策というのが、うたいのない手さぐりの舞台稽古だった。

唯一の合図はポイントごとに打ち鳴らされるYの手拍子だけ。ヴォ、ヴォッ、ヴォッ、という獣の唸りにも聞こえたその拍子を通してYの旋律が伝えられる。時折Yの手首がわたしに向かって指揮者のように振られ、音のズレを指摘する。いっこうにとどいてはこない旋律をさぐりさぐり、Yとの間に交される身振りの会話だけに自分の動きを委ねる、というその稽古方法は、わたしに意外な境地を開いてみせてもくれたのだった。外からの音に閉ざされてしまった分、これまでずっとわたしの内部深くに潜んでいた闇の音が目覚めはじめた、とでもいうように、内側からわたしを押し出すリズムにわたしの体は反応しだした。公演までの終日を埋めつくし、くり返された舞いの所作が、体内のどこからか湧き出てくる音のうねりに支配されてゆく、そんな体感だった。トトトトトゥーン、テン、トト、テゥン、トトトトテエエーン、トゥオォン、テテテンテンテン、テテテン、トォン、トトト、ツツ、トゥン、ツツ、テエエエン……。

わたしを奥の方から揺すりあげる不思議なうねりに支えられ、それから二カ月後の一人舞台を、どうにか務めあげることができたのだった。それが、わたしの最後の舞台、ということにはなったのだけれど。

思い返してみれば、あれこれのわたしの身の故障は、予兆もなく突然訪ずれた、というのではなかった。無意識の、ある反応は、それ以前にもたしかにあった。

熱く滾《たぎ》った壕から「集団自決」寸前に脱出を果たした、匍匐《ほふく》兵の体験があった。

市《マチ》はもうすぐ夕暮だ、と触れてくることもない外気への気分の揺れが、ふと起こった。

火照った頬にそれが当る、と感じたその時から、閉じこめられ、自己を放棄した屋内での狂暴な動きをそれ以上つづけることが不可能になったのだ。

〈遊び空間《あしい》〉と名付けられ、看板を揚げたYの率いる舞踊集団の稽古場は、市街地の外れに建った九階建ビルの最上階だった。定期公演を一週間後にひかえた時期。ひがなひと所で、二十数名の団員の全員が、息つく間も与えられず、踊り狂い、一定の所作の繰り返しを気の遠くなる回数強いられた。公演プログラムのトリを飾る総舞踊の、締めのある部分が、なかなかYの気に染まなかったのだ。乱舞のめまぐるしさに三線の伴奏がかき消される程に張りつめ、かき立てられた高揚感がえんえんとつづき、激した動きの連続感が苦痛を呼んだ。苦痛は吐き気を伴い、耐えがたく、縺れ、絡まるお互いの息の量に膨らみきった場の気圧が、もうすぐにも臨界点に達する、と感じた。それでもYの号令は止まず、破裂し、散り飛び、またカタマリとなって迫《せ》りあがる踊り子らの息遣いの親密さがお互いを責めたて、じわじわと恐怖心に変じるぎりぎりの境だった。わたしは猛り狂う虎の身ぶりを、一転、猫の歩みに変えたのだ。白足袋の踵を廊下へ滑りこませ、すばやく背中手で障子戸を閉めた。とたん、ヒヤリと冷たいモノに首を摑まれる感触が起こり、瞬間に深く屈めた身を板間に這いつくばらせ、その格好のまま移動を試みたのだった。

ひっきりなしに飛び交っていたＹの声が、ふと途切れ、虚空の広がりのような間を作った瞬間があった。いつのまにか晴れあがった雨後の青空を見あげる顔付きで、Ｙが首を反り天井を仰いだのを目の端に認めた時、ある閃きに衝かれ、神経的な反射運動で、閉塞感のつのる稽古場からの脱出を果たしたのだった。

それもつかの間。突然のイタミがみぞおちを抉った。咄嗟に、稽古着の帯に差した扇子を抜き捨て、廊下にくずおれた。呻き声を噛み殺し、板間に這いつくばった。猫の歩みで障子戸を擦り抜けた、数十秒後のこと。この場を一刻も早く移動せねばという強迫感が、ぎゃくに膝の力を萎えさせ、身動きを困難にし、丸めた背中をゆるりと起こすと、板張りが切れた数メートル先に三畳程もある広めの玄関口が見えた。と、背後からの振動音に襲われた。逃れようとすればする程にいっそう勢いづき、わたしを責め立てる音の襲来。小刻みに弾ける三線の早弾《び》き、太鼓の早打ち、掻き鳴らす琉琴の爪弾き、指笛、囃子……。うたいは混じらない。高音部のきしみが時折女の泣き音《ね》に聴こえた。混濁する音の激流に巻きこまれ、流れから逸れるように散り、床を打ち、跳ねあがる踊り子らの、モダンダンスさながらに振り付けられたＹの新作を舞う黒い影が、あらあらとぶつかりあい、渦巻く音が、大波のうねりとなって背後からわたしの襟足に摑みかかり、ずるずるとそこに引きこもうとするのだった。

背中で音を撥ねつけようとする抵抗感が、ふっと切れ、均衡を失い弛んだ身体が、虚脱感に見舞われた。背後の音に魂を吸われたというようにいよいよ膝の力が萎えた。天井のいやに低い空間の、玄関口までの間取りが、茫洋とした荒野と化した。そこへ向け肘で擦りつつ匍匐前進の格好になった。障子に映る自分の影がYに発見されるのを怖れたからではない。起きあがる動きそのものを、自身に禁じる気持の屈折感があった。それは、破壊直前に起こった見えない揺れに怯える、崩れの感覚でもあったか。

水上のオベリスクへとつづく、橋掛かりのとっかかりに、立つ。

岩場の高さは砂上二メートル余といったところ。視界が、緩んだ弧をもつ扇の形に伸び広がり、頭上高く大きく回転するように揺れた。巨大なものの動きに戸惑い、果てのない空間の高みの底辺で、茫然と、ひとりわたしは立ちつくす。

弧上にシマ影を二つ認めた。

オベリスクの筒を両側から挟みうちにする位置にうっすらと浮きあがる小島は、空に靡くように淡い。

上方を、薄く剥がれた白雲が一様に散り交い、鮮明な青の地をぼかし加減に幾重もの帯を作っている。その青の広がりの只中にひとりきりで佇む者は、水分を含みすぎた筆で誤って打たれた、水彩画の中の点景のよう。

4　オベリスク遊泳

白塗りのドアを押すと重く垂れる黒の袖幕にぶつかった。

ここは舞台側からは下手に当る出入口であるらしい。この向こうが劇場なのだ。わたしの左膝がぎこちなくこわばる。重心をかけると内寄りに捩れてゆくように意識される左足の欠陥部分がきしみ音をたてる。心ない肉体の反応に剥き出しになる自意識《エゴ》。今歩きだすならブザマに体を揺することになるだろう。顔の方は舞台の様子を眺める装いで、片手で袖幕を握りしめ左足を軽く浮かせるように佇んだ。そこからは劇場の全てがひととおり見通せた。

舞台脇に垂れた袖幕の隙間から窺うと、舞台中央に立つ、浴衣の稽古着を着流した踊り手が一人、すっぽりと入ってきた。線は細いのに安定感のある下半身を静止させたまま悩ましげに首を振っているのは、舞いの所作ではなく、立羽《タチファ》の位置が決まらないといったふう。

ガラスで張り巡らされた壁の外から群青が滲んで拡がる。およそ百には満たない客席の合間に四、五名の技術屋たちが動いている。その影は回遊魚にも見える。円筒の建物内部を三分の一ほどに張り巡らされた褐色の遮光幕は岩影にも見え、オベリスクの内部はさながら深海の小宇宙。左手下方に客席へ下りてゆく梯子段が渡されている。息を殺して気配を消すようにし、一歩下りる。撮影用にセットされたカメラの手前で、胸を反りあげ腕を組みサングラスから舞台を凝視める男がいる。Yだ。いっきょに引き戻される時間の勢いに押し出された。梯子段を下り、客席へ廻りこんで腰をおろした。

舞台の上の踊り手は指示に従い立羽の位置を決めたようだ。

一度長い間をかけて息を吐き出すようにし、肩から腕にかけてのこわばりを解きほぐす。腰と腹部にこめた力と足首の筋力だけで体全体を保ち、視線を、前方傾めのある一点に集中させる。すると、そのままずーと重力を失った肉体が宙に吊り上げられてゆく、そんな静けさが作りだされた。素顔のままのあどけなささえ漂わせた踊り手の横顔が、舞台中央に淡く浮きあがった。パン、パパン、パン。合図に反応した踊り手の腰が張りつめた辺りの空気をやんわりと割いてゆく。ずいぶん若く見える踊り手なのに動きだすとかなり訓練された肉体の持ち主であることがすぐに分かる。芯の通った腰の線が全身をバランス良く支え、重心を移動する際の腰《ガマク》の流れに深みがあり、間の取り方にも無理がない。全身がゆったりと落着いた風情だ。持ち上げた手首の先の、ゆるくまろやかに偲った白い指が、右肩前方にかざされると、手首の手前から貫かれた視線に、客席の空間が恥らうように揺らめく。そのうち少しずつ強引さを顕しはじめた踊り手の体は、一人占めにした舞台空間を自在に振る舞いだすのだった。ぐいぐいと空間に分け入る肉体の、抑制の利いた躍動感。オベリスクの内部が次第に熱を帯びだす。額から顎にかけての踊り手の横顔に汗が光り、群青の降り注ぐガラス張りのむこうへぐーっと差し向けられた。くっきりと映えるその顎の線がふたたび方向を変えてそっと伏せられる。その面が後姿のままゆっくりと起こされ、なだらかな背中が正面後方へ向け移ってゆくと、水上を歩くような無重力感に辺りが支配された。

音楽は流されない。演出家と舞い手との間に共有され、お互いの内部で響き合いうねる旋律に乗って舞台が動いているのだ。

踊り手が今舞っているのはYの新作というわけなのか、動きの流れに覚えはなかった。だが空間を抱きこんでゆく所作のうちに踊り手の肉体を真空にし、観る者を無重力の境地へさそう、透きとおった動きは、まぎれもないYの世界だ。めまぐるしく意表をつく演劇や群舞の仕掛けとはうって変り、Yの作り出すひとり舞いには、いつも不思議な清浄感があった。水に浮遊しその流れに洗われる肉体の静けさ、といったような。河岸に立つ者を、ゆらりゆらりと沖へ誘い出し、果てのない水の広がりとたゆたいの中に漂わせる旋律のないそのリズムが、今わたしを親しみのある揺れに誘う。

水のたゆたいの遥か向こうに浮くシマ影のように、後姿のまま床に膝を突いていた踊り手が、ふと立ち上がった。すーっと両手を広げ、秘やかな笑みを含む顔が正面を向くと、ぐーっと空を仰ぐ。天上から吊られた糸に引かれるように、淡い影をなす海鳥のよう。摺り足のままに両腕が平行を保ってかざされ、風になびき、天空を巡る鳥の翼がしずかに閉じられた。

下手に向かう踊り手の背姿がすっかり袖幕の向こうへ隠れてしまったところで、Ｙはわたしを振り返った。外したサングラスをシャツのポケットに差し込み、顕わになった表情をさし向け、迷いのない歩みでやって来る。ひと頃の演劇青年のもつ熱い瞳は嘘のように薄れ、ヤクザな笑みを含むあの顔のままに真っすぐにこちらへやって来る。逃れようもなくわたしは立ちあがり、通路側へ体を寄せた。そうやって自然に相手を迎え入れる姿勢になる。

——いい踊り手ね、腰の動きもしっかりしてるし、バランスもいいわ。若いのに落着いた雰囲気なのは、なかなかいいじゃない。

覚えずにそんな言い方をしてしまう。口をすぼませ、ちょっと白けた表情をつくったＹの顔と見合った。差し出されたその手の動きがわたしを舞台に立たされた演技者に仕立てあげるのだ。立ちあがったばかりのシートに意志を失った者のようにわたしは座りこむ。隣のシートに腰を納めたＹとのキョリは逆らいようのない近さだ。微熱さえ伝わってくるＹの傍らでわたしは足を組み、腕を抱く。そうやって前方へ向いたままのわたしの顔を一度そっと覗くようにし、何やら話しはじめたＹの声が、伝わっていないのに、気づいた。

ふたたび機能を停止する聴覚。長い時の流れの中ですでに治癒されたと信じていたのに。けれど、わたしは驚かない。Yの声が突然聞こえなくなったのは、たぶんあの時と同じ。わたしがYを濃く感じはじめた証拠であることをすぐにも納得できたから。今度はわたしの方がゆっくりと首を捻り、Yの顔を覗く。今言葉にしているものをいとおしむような、ヤクザな表情にはおよそ不似合いに、年甲斐もなくちょっと照れても見えるその口の開閉が、わたしを深い安堵へと誘うのだ。

そのYの声への、わたしの耳の反応は、すでにYに会いはじめた頃から起こっていたこと。稽古中や舞台の合間に、食事の最中や逢瀬のひとときに、わたしに向かって吐かれるYの声が時折途切れる、と感じたのを、当時はたんに、Yが口ごもったせいと思っていたのだったが。

市の中心街にあったガラス張りの窓から通りを眺める、喫茶Mの片隅で、ふと空いた時間をYとわたしはよく過ごした。向かい合う席で壁に背中を凭らせ気負いのある声を発しつづけるYの言葉を、それが役割のようにわたしは聞きつづけたのだった。

――ごらん、溢れるゴミのようなこの人通りを。どんなに耳を澄ませたって親しいシマの音なんかどこからも聞こえてこないじゃないか。ゴマカシの雑音ばかりを発するしか能のなくなった市を、僕たちはこの手で作りだしてしまったのさ。シマは急速度で流れだしたんだ。もう誰にも止めることなんかできやしない。もうすぐにも僕たちのシマの匂いはこの世界から跡形もなく喪われるんだ。見るまに砂に吸いこまれてしまう水のようにね、しめりの跡さえ残さずにさ。母や祖母の発した熱いシマの息遣いは、聴くどころか、感じることも匂いを嗅ぐこともやがて不可能になるんだ。そんな想像、僕にはとても耐えられないよ。シマの声の聞こえない舞台なぞ、演る意味なんか、まったく、ないのさ。人と人をぶつけ、切り裂き、むすびつけるもの。熱く燃えあがらせ、凍らせるもの。演る者観る者をシマの坩堝《るつぼ》の中に誘いこみ、この身を震わせ、狂わせるもの。それを体験するには、僕らにとって、あの大波のうねりのような、荒く、深く、遠くて親しい、あの声を取り戻す以外、他に方法はないんだ……。

そんなふうに始められたYの言葉は、聞きつづけていると呪文のようにあるリズムを帯びてくることがあった。そのリズムが不意に途切れるのだ。けれどすぐに声は再生され、耳に注ぎこまれ、また留めどもなく拍子を打ちはじめたのだった。

父親の率いる劇団の一員として、Yが父親譲りの才能を買われだしてもいた頃。十年近い東京暮らしに見切りをつけ、Yは本気でウチナー芝居に取り組みだしていた。口を開くとそのことから話題が逸れることはなかった。それ以外のことを口にする気もないというふうだった。父親へのある反撥からいったん沖縄を出たものの、東京の生活でも演劇を選ばざるをえなかったYの、芝居にたいする複雑な情熱が、話しだすとき一気に爆発する症状を見せるのだった。若手という若手のいなくなったシマコトバの科白で芝居をする劇団の中で、Yはひときわ輝く存在でもあった。そんな立場を後楯に、東京仕込みの演技と演出力を、目に見えて廃れつつあったウチナー芝居で試みつつ、演劇人として根付いてみよう、というのがYの大いなる夢でもあったのだ。

しかしYは性急にすぎた。ほそぼそと伝統的芝居だけを守りながら、受け入れてくれる特定のファン層に支えられ地味に活動をつづける古株の役者《シバイシー》との間で、当然のようにトラブルは絶えなかった。年齢的な衰えからすでに舞台へ立つことは不可能になっていたにもかかわらず、団員の信頼を一身に集めていた父親と、何かにつけ比較する周りの目が、Yを性急にさせていた。Yは、その劇団の団長が六十を過ぎてから余所で生ませた唯一人の男子だったのだ。父親の死後、それまでの劇団を支え味わいのある端役をこなしてきたシバイシーたちが次々と劇団を去りはじめた。赤字のつづく経営上の問題も重なり劇団が止むなく解散に追いこまれたその時期に、Yは舞台を降り、フリーの演出家として一人活動を始めた。そのYが目をつけたもの。それが、琉球古典劇〈組踊〉だった。

たまたま身につけた琉舞を捨てるきっかけもなく続けていたわたしが、Yの目に叶ったのは、その組踊の演じ手としてだ。Yとの関係はすぐにも深みに嵌った。彼の性急さは関る者をいつも熱い坩堝の中に投げこまずには済まなかったのだ。粉々になりかけるわたしを、Yの目が針のように突き刺し逃げ場を取りあげてしまうのだった。声だけだ。身振りや表情は抑えろ。動くんじゃない。声だけだ、といっているではないか。唱え《トゥネー》を発することだけに力を集中させるんだ。いいな、それ以外の余計な演技は、一切、捨ててしまえ。叩きつけるように吐かれ、体を縛りあげるYの命令の言葉を、わたしは聞きつづけなければならなかった。喪ってはならぬものへの深い欲望と執着。それがYの焦燥を必要以上に駆りたて、その活動をいよいよ狂暴なものにしていった。その危うい演出は、シマの声を求めるあまりシマのドラマを剥ぎ取らざるをえなくなっていた。Yの舞台活動自体がシマの物語を破壊する作業過程そのものにも見えたのだった。

今にして思えば、わたしの動きを崩し、耳の機能を麻痺させ、演技者として致命的な欠陥を負うことになったあの舞台は、Yの深い意図を、わたし自身が身をもって果たしてしまった、という気がする。演り損ねたと思っていた〈執心鐘入〉の宿の女。あれは、Yの演出の目的が、Yの期待のままに、わたしの身体によって実現された結果なのではあるまいか。

——ここを出て、二人でシマ内をゆっくり歩いてみよう。そうすれば、きっと大事なことを憶い出すことができるはずだ。今のきみには、何にもましてそうすることが必要なんだ、そうは思わないか。

まるでわたしが記憶喪失者にでもなったというようなYの囁きが、音声になってやっと伝わってきたとき、それがどういうことなのかよく理解はできぬのに、わたしはこくりと頷いていた。

すでにわたしは自分の意志というものを放棄してしまっている。再びわたしを支配しはじめたYの声に、体が反応しはじめる。その心も意図も何も見えてはこないのに。しかしこうしてシマにやって来た以上、向こう側からわたしに指示を与えるものの声には従わなければならない、という強迫から逃れることは、どうやらできそうにないとわたしは気づきはじめた。この目でまだ見渡してもいないシマの、内部深くに籠る地熱が、水の上に浮くオベリスクの中にもそろそろと漂ってくるようなのだ。

何やら慌ただしくなった舞台の上をやり過ごし、Yとわたしは下手側の袖幕から劇場の外へ向かった。Yも自分の立場を忘れてしまったようだ。何か厄介な荷物を運び出すというぐあいに、ためらうわたしの手を強引に握った。肩に廻した腕でわたしを抱えるようにする、Yの力にずるずると引きずられた。

外、といっても、そこはまだ水の上に浮きあがるオベリスクの塔と陸地を繋ぐ、橋掛かりの手前だった。強い陽の光を撥ねた砂のたまりが、目の端でゆらりと横長に広がった。歩きだすと、波打ち際へ向かう白い流れとなって、さらさら、さらさら、と動きだすのだった。海の側からのシマの風景を遮り、ひたすら上方へ向かう建造物が白い空隙となって目のむこうにそびえている。その建物との間に渡されたセメント造りの道は、立ちのぼる空隙の方へ伸びてゆきながら、地上のものかどうかを疑わせる儚さで、真昼間の光に薄青く揺れていた。青のまにまになびく綿雲は、遙かな風景のように、近づこうとすればするほどにわたしから遠ざかってゆく。

5　杜《もり》へ

移動の感覚は希薄なのにいくつもの場面がこちらへ向かって唐突に立ち現れる、というめまぐるしい気分の中で、気がつくと、わたしは思いもよらぬ足取りの軽さでシマの道を歩いていた。燃えあがる緑が辺りに繁茂するというわけではない、何やらもの寂しい野の小径だ。民家のある里からはいく分離れた場所と思われ、作物の収穫のアテがあるとも思えぬ畑地や雑草地が伸びてゆくばかりの、牛馬の影さえ見つけることのできぬ野原の只中。枯葉混じりの緑の中を歩いてゆくと、やがて薄の原の向こうに、黄緑色の浅瀬のつづく海が見えた。遠目からも水底が透けてきそうなその広がりが、シマの縁を彼方へと押しだし、見る者の目をとりとめもなく霞ませてしまう。希薄な移動感覚とちぐはぐに、長い間どこかを彷徨いつづけたという疲労感が体の奥底に重く沈んでいる。とはいえそう感じているだけで、目の前に拡がるだだっ広い野原以外のシマの風景は、ひとつとして憶い起こせない。何とも拠り処のない空漠さの中だ。シマ内を一緒に歩きはじめたはずのYが、傍らにいないのはどういうわけだろう。はぐれてしまったのか。相手を置き去りにしたのは彼だったかわたしだったか。リハ中の舞台を途中で放り出してきたことを気にしだしたYの方が、シマの風物に気をとられているわたしの心のスキを盗んでこっそり引き返してしまった、という気はする。二人でシマ内を歩いてみようと言いだしたのは彼の方だったのに。

行きさつはともかく、わたしはどこをどんなふうに辿って来たのか、人里離れたシマの杜の前に立っている。イカダカズラが蜷局《とぐろ》のように巻きついたアーチ型門のある杜だ。

——於戸兼杜《ウトゥガニムイ》。

その入口のあたりに建てられていたかもしれぬ史跡案内の立看板を読んだ、というわけではない。だからここがそういう名をもつ場所であるのかどうか、実際のところは知りようはない。それなのに目の向こうにこんもりとした樹木の影を認めたとき、わたしの口をついて出てきたのは、その言葉だった。

何通かの封書に誘われ、ふらりとシマへやって来た自分の奥深くに、我知らず潜んでいたモヤのような思い。それがその杜の名前となってやっと結ばれた、そんな気がする。Yの暗示にかかってしまったとでもいうのか、確かに、わたしはこの杜に来たことがあると感じている。感触の手ごたえを裏切りなかなか明確にならない記憶が、わたしを苛立たせる。記憶の層が思いのほかに深いようなのだ。それでもこの杜の、煙るようでいて濃くうごめく気配を放つ樹木の佇まい。その影を眼前にしたときの高揚感と怯え。それらがたしかに身に覚えのあるものであることをわたしは疑うことはできない。しかし一方で、それが現実のものであるはずはないということにもうすうすと気づいている。足を踏み入れることは初めてのシマの杜を、訪れたことがあるというのはありえることではないので。とすると、この近しい感覚はまたもやあのデジャビュの体験、ということなのか。

カズラに絡みつかれたちょうど人の背丈ほどのアーチ門は、目の上で屋根を戴き縦長にぽっかりと口を開けている。そこに立つ者を自動的に奥へ招き入れるとでもいう気配に導かれた。腰を屈めおのずと足を踏み出すわたしの身を、余所者であることの後ろめたさが一瞬掠める。いかに過疎のシマとはいえ、シマがシマであるあいだは、杜は聖域のはず。こんな曖昧な季節に余所者が許しもなく杜に入りこむのはシマの頑固な掟を侵すことになる。そういうことをなぜかわたしは承知している。としてもこの場所にこうしているからには、どうあってもこのアーチ門を潜らなければならない、という強迫から逃れることも、どうやら不可能なことのようなのだ。

いきなり目の眩む臭気に襲われた。身に纏わり粘り付く湿気と不快感を湛え、辺りを見渡す。杜を作る一木一草の名前を憶い起こそうとする意識が、咄嗟に働く。密集した植物の生気に圧倒され、浮かんだと思うやそれらの名は喪われた。鬱蒼とした外観から、樹木の折り重なる層で空への視界が遮られ、暗く湿った精霊の地を想像させた杜の中は、入ってみると、ことのほか明るく見通しが利いた。木漏れ陽のせいというより、杜そのものが発光している。仄かな光に充ちたしめやかな空間。体ごと杜の光の中だ。木の間に分け入り霊気を吸いつつ歩き廻っているが、どの方向へどう行けばよいのか、皆目見当はつかない。そんなことより、そこにいる自分そのものがどうにも不確かなものなのに、そのことには気を留めることもなく背中をせっ付かれたように動き廻る自分に気づくのは、何とも奇妙だった。蔓延る雑草で足許は縺れ、歩みはたどたどしくならざるをえないが、見通しの明るさで不安感は起こらない。風の通りもかなり良いらしく樹木のざわめきが何やら賑やかに耳を撫でつける。サク、サク、サクサクサクサク、サワサワサワサワワワ……。それは樹木の枝葉が風に揺れる音というのではなく、女たちの途切れなくつづくおしゃべりにも聞こえ、何かそれは、舞台の合間の休憩時間にうっかり客席に飛びこんでしまったという気分を呼び起こすので、思わずわたしは顔を覆って慌てふためき、楽屋へ引き返すつもりで体を捻った。

そこに、アーチ門を潜ったばかりらしいYの息せき切った姿があった。肩が荒く上下し紅潮した顔の中の吊りあがった目がわたしを睨んでいるように見える。彼を置き去りにしてここにやって来たのは、わたしの方だったか。それにしては説明のつけにくいはぐれ方だ。どう見ても頼りないわたしの足でどうやってYを引き離すことができたのだろう。何かがおかしい、とは思うのだけれど、Yに出会えたことの安堵感の方が大きく膨れあがり、ふと起きた疑問は消えた。たぶんわたしは、シマの内部でたぎり、漏れてくる地熱をどこかで大量に浴びたのにちがいない。わたしの感覚は自分を取り巻くつじつまの合わない奇妙な状況を受け入れることに、だんだんに馴染んでゆくようなのだ。近づいてみると、Yの表情は柔らかに静かだった。

——……憶い出したんだね、この杜を。

そんなYの言葉も、かえってわたしを混乱させ状況判断をいよいよ曖昧にするものでしかないのに、わたしはひたと抱き寄せられたその腕の中で深く頷いてしまう。枯葉混じりの汗のにおい。切なく懐かしいものに絡めとられた。抵抗のしようもなくわたしはYの手の内に落ちる。痩せぎすの見かけに反して弾力のある強い腕がわたしを締めつける。縺れ合う二つの影が枯葉の揺れに添っては、あらがい、しなる。動きの流れでゆらりとのけぞった目の上に、煌めく光の深い亀裂を視た。赤く鋭い光の線がばっさりと杜を切り裂き、撥ねあがり、ぶつかり、樹間を走り抜け、彼方へ、弾け、散る。

……眼前に拡がるこの殺伐さは、ムラの道だ。薄の原さえない、泥緑の道に降り注ぐ容赦のない陽差しを一身に浴びている。誰も見当たらずどこかに誰かがいるという気配もない。道はもう何十年も、いや何百年も人や車が通ったことはないというように干からび、こびりついた泥緑色が舗装された路面を覆うばかりだ。乾ききったそこから黴の匂いがムッとたちこめる。歩き廻るうち、両脇から押し寄せる草木の揺らぎと天上から降り注ぐ陽の強さに、匂いは掻き消えた。風呂敷包みを小脇に抱えている。急がなければならない状況にいる自分に、ハタと気付く。

アガリパマへ行かねば。シマの東海岸へ向けて開けた浜辺の、その手前にある広場へ。そこへ一刻も早く辿り着く必要があったのだ。風呂敷包みの中味は仕立てあげたばかりの大司《ウフツカサ》の晴れ着だった。芭蕉織りの無地で、鮮黄。畳みあげたときの軽やかな手触りがまだこの手の内に残っている。新たなる来ヌ世《ヤイユー》を迎えるために神の御衣を新調しようというシマの古老からの注文が与えられていた。家族はその期限へ向けて奔走する生活を強いられていたのだった。祭の当日の今日という日に、御衣はやっと仕上がった。祈りをこめ一心に機を織ったのは祖母、仕立てたのは母、わたしはそれをとどける役目を担ってこうしてアガリパマへ急いでいる。シマの東方にあるその浜辺では、やがて神を迎える儀式が始まるはずだった。

つい先ほどまで容赦のなかった陽がすでに陰りを帯びだした。夕風が頬に触れる。夕刻には折りの唱えを始めなければならないウフツカサの御衣の取り替えに、わたしのこの足は間に合ってくれるかどうか。不安感に急かされている。それに、アガリパマへはどう行けばよいのか。果たしてこの道がそこへ向かうものであるのかどうか。判然とするものは何もない。ただシマの命運を左右する重大な役目を自分が担っていることだけは、はっきりと意識され、任務の重さにこの身は潰れてしまいそうだ。任務を損ってしまうかもしれぬという暗い予感に足を掬われた。立止まり、首を左方へ傾けた。そこで、濃く繁茂するクロッグの葉陰に藁葺きの小屋を見た。全体がもっこりとしゃちほこばったその小屋は土にへばり傾いている。樹間に挟まれた小屋の湿った佇まいに暗い予感は消えた。風呂敷包みの中にあるとどけ物は、こんな趣向の凝らされた小屋の前にそっと置いてくればよい、という親たちの言いつけなのだった。そこへ包みを置こうと腰を屈めたとき、小屋の戸口が不意に開いた。洞の入口のようなそこから差し出されたものに、肝を冷やした。わたしの顔を撫でつける近さで浅黒い男の手がぶらりと垂れたのだ。驚くことはない。この手はわたしを招く合図に見えるではないか。手首がおいでおいでと揺れている。約束の刻限にわたしは間に合ったのだ。任務は遂行された。深い安堵感に誘われ、開けられた入口から小屋の中へ体をすべりこませた。

その瞬間、光は遮断される。闇夜にまぎれこんだかに思われた目のむこうに、そこだけスポットが当ったという明るさで、花織り装束の晴れ着姿が浮きあがった。ウフツカサの後姿にちがいない。薄闇に漂う空気の層を一瞬のうちに張りつめさせるそのけだかさは、ウフツカサ以外の者にはあるはずのないものだ。暗く湿った小屋の空洞が次第にうっすらと開けた。そのほの暗さの中に丸ごと溶けこんでいたかに気配の感じられなかった黒装束の男が、ぬっと現われ、眼前に立ち塞った。

――待ちわびてぃ居《う》たん。

寂びた太い声はなぜか親しみを帯び、しかし神に仕える身の厳粛さを敢えて誇示するふうに、ぶつりと吐かれた。男の顔に表情というほどの動きは見られない。一言掛けたきり口を利かず低く構えたままの身を後ずさらせる。ふたたびウフツカサの背姿がわたしの視野に納まった。ひんやりと湿った土間。そこに直接敷かれた一枚の花筵。その中央に、ウフツカサは座し、背筋が天上を指すように伸びている。こちらにはとどかない声ですでに祈りの唱えをはじめているのだろう、その後姿は微動だにしない。

――ウフツカサぬ前《メー》。

思わずにそんな言葉がわたしの口から漏れる。一介のムラ娘であることが自覚された言葉だった。

――置《う》ちゅきぃ給《たぼ》り。

低く張りつめた女声だ。後姿の風格に反して艶のある若さを漂わせた声が響き渡る。近づいて行くにはその背のけだかさがあまりに堅固で、抱えていた包みは筵の上に置いた。すばやく近づいてきた黒装束が包みを取りあげ、手早く解き、取り出した御衣を一振りする。はらりと黄の地の布が薄闇に舞う。ま新しい芭蕉布の匂いがつんと鼻を刺激した。筵の上に広げた御衣の、袖通しや襟足の線に、男は鋭い目を走らせる。仕上がりぐあいを点検しているのだ。と、高らかに声があがった。

――よう出来《でぃき》らしゅん、誇《フクラ》シャどぅやる、

フクラシャどぅやるどー。

神へ伝えるためか、わたしやわたしの家族にたいする労《ねぎ》らいの言葉なのか、作物の実りの出来ぐあいを寿ぐように、男は新たな神の御衣の仕上がりを讃えるのだ。寿ぎを終え、男は従順そうな痩せたその顔には不相応に、突然ぎょろりと目を光らせた。わたしにすぐ

にもここを出て行くことを促している。見据えられた目の厳しさに追われ、逆送りをする

ビデオのコマの動きで背の方から戸口へ体を滑りこませた、そのとき、

――ウトゥガニ。

刺すような響きに、

――うー。

と返事をしてから、あ、と声をあげた。於戸兼、とはわたし自身の名だった。ウフツカサの呼び掛けにたいする咄嗟の自分の反応が、そのことを憶い出させた。しかし、それはいったい、どういうことなのか。

――ウトゥガニ、此間《くま》んかい居《い》おーり、

打ち明きる事ぬあゆん。

暗く湿気の去らない小屋の中に声が響く。ウフツカサの伝えるどんな言葉にも決して逆らってはならぬという戒めが脳裏をかすめる。その方へ三歩近づき、空洞の底にぴたりと吸い付くように跪いた。首を深く垂れた。そこに折り曲げた膝と揃えた手の意外な瑞々しさに、思わず我が身を見廻した。薄橙に染められた軽やかな麻地のワンピースを着た、小

娘のなりをしている。精一杯に盛装して花やいだ自分の姿に戸惑い、正座の足が崩れた。姿勢の乱れを制するように、ウトゥガニ、とくり返される強い声。曲げた膝が微かに震えだす。思いもよらぬことが今ウフツカサの口から言いだされる、という予感に全身が貫かれた。

――よう聞《ち》ちゆ、ウトゥガニ。

声を上げつつウフツカサはいくらか体を揺すったようだ。クラッとするほどの濃い匂いに巻きこまれた。シマの根から湧きあがってくる、底の見えぬただならぬ匂い。

――ウトゥガニ、故《ゆい》あてぃどぅ今《なま》までぃ隠し居《う》たしが、

汝ーや、我《ワ》ン産《な》しん子どぅやゆる、

聞ちゃがや、ウトゥガニ、

汝ーや、我ん、産しん子どぅやんどー、

汝ーや、神ぬ子どぅやゆる、

汝ーや……。

がくっ、がくがくっ、とおこりに襲われたように背中に痙攣が走る。いわれなき罪科を突然負わされた者の恐怖。むろん納得はゆかず、質さなければならぬものへ向かって、う

なだれた姿勢から渾身の力をしぼった。

——御方《うんじゅ》が、我ん産し親《うや》ゆやらば、
御顔《みばな》ゆ、拝《うが》まし、給《たぼ》り、
う願《にげ》さびら、……。

突如として口をつく見知らぬ言葉。思わず漏らした者の心をも切なく震わせる、哀願の言葉。切れぎれに、発される遠い記憶の声。だがそれは儚く、どこからか侵入しはじめた、銅鑼や太鼓や横笛の華やいだ囃子にまぎれウフツカサの耳にとどくようではない。悲しみが体に溢れる。もう堪えがきかない。顔を起こした。そのわたしの動きがそうさせたというように、すばやく立ち上がった黄色い背中が、ま新しい神の御衣を引きずり、仄暗い洞に溶けこむように去った。

……ぬるい手の感触を受けた。杜に吹く風に乗って小屋の隙間に入りこんだ賑わいのある祭の音が、その手の中に吸われるように、消えた。

ベッドの上だ。うっすらと開けた目にぼんやり入ってきたのは淡いグリーンの布。カーテンが風に揺れている。その色が、わたしに今七〇一号の部屋にいるらしいことをそれと知らせた。

夢の中での花やいだ音の侵入は海辺側に聞かれたあの窓からだったのか。女の泣き音を連想させる横笛の余韻がまだそこらに漂っている。わたしの髪を掻きあげるように撫でる癖のある指の動きは、Yだ。わたしは今Yの腕の中のようなのだ。かつてのあの時間が戻ってきたとでもいう、そんな温もりにわたしは包まれている。だがYの顔をこの目で確かめることはできない。俯けた顎を少しばかり持ちあげ、開けた目をその方へ向ける、という程度の動きがままならないのだ。瞼が異様に重く、なぜだか体が鈍い痛みに縛られている。眠り薬を差されたとでもいうよう。温もりのなかに蹲ったまま、横向けのYの腰のあたりへ視線をやる以外、身動きひとつできずにいる。この体に触れてくるのは、労るようにわたしを撫でるYの手のぬくみ。やがてYの胸の鼓動が静かなリズムを打って伝わってきた。掻きあげる髪の合間から、吹きかけられる吐息と一緒に言葉が漏れた。

――少しばかり、荒療治が過ぎたようだ。やはり、まだ無理だったんだ、その足でシマを歩き廻るというのは。

独言のように低く囁かれるYの声。どろりとした沼地から浮上したという混濁と空白感の中で、わたしの記憶は薄く漂うばかり。とつぜん部屋の空気が濃くなった。入って来たのは女だ。月桃の強い匂いが頬のあたりに漂う。匂いに刺激され重く沈みかけていた意識がふっと浮く。

——困ったものだわ、この状態ではとても無理ね、演るどころか、起きあがることだって叶わないじゃないの。

鼓膜にしっとりと触れてくるのは瑞穂の声だ。声に頷き返したのだろうYの、深い溜息が漏れ、空気が澱んだ。

——それにしたって、あなたとしたことが、何という不注意、管理不行き届きというものだわ、こんな切羽詰まった時間にシマ歩きをしようという気になるなんて。まぁ、あなたの考えていることが分からないというわけではありませんけどね、でもねぇ、シマ歩きをしようとした矢先にこんな状態になってしまったのでは、あなたの意図はかえって裏目に出てしまった、というわけじゃないの。肝心な役どころをこんなふうにしてしまったのでは、長年の念願の舞台というのも、いったいどうなることやら。

またもやYの深い溜息。女のものと混じり合い部屋の空気はいよいよ重く澱んでゆく。逆にわたしの意識の表層は覚めはじめる。沈みきった海の底から水の抵抗を押し分け水面に浮上する、とでもいう粘りを見せたYの言葉が、ゆっくりと流れた。

――やっと、ここまで漕ぎつけた舞台だ、こんなことで、諦めたりはしないさ、半端に終わらせるようなこともしないつもりだ。かつての舞台で僕が壊してきたもの、それを今度の舞台で回復させるという目的を果たさないかぎり、僕はこのシマを引きあげたりはしない、そう心に決めて演ろうと思った企画だ。そのことは、あんただって了解してくれたはずじゃなかったのか。

――そうだったわ。

――それなら、金輪際、僕のやり方に水を差すようなことは、言わないでほしい。

――分かったわ、余計な口出しはもうしないことにするわね。約束どおりあなたの思うようにすればいい、私はもうたんなる傍観者というわけだものねえ。

うわずった女の声が男の方へ擦り寄ってゆく。触れ合ったとたん二つの体は重なり、ぐにゃりとベッドに雪崩れた。密やかに動きだす。強張ったわたしの背中のすぐそこで、相手を探り合う男と女の動き。満開の月桃の匂いが濃くたちこめた。身に纏っていたものをすっかり解いたのだろう、閉じた目の裏に、絡まり縺れる二つの裸体が膨れあがる。白く柔らかな女の手が伸びてき、その指が痩せた男の頬や唇に這いだす。厚みのある紅い唇が男を吸い寄せる。男の細い体は反りあがり、しなる。まだゆっくりした動きだ。水中で見透かす像のような。生温い感触を伴って揺れる男女の裸体は歪みながらしだいに膨れあがり、浮き、沈む。かたまりになった肉体はやがてぐらりぐらりと波打ちはじめる。息遣いは伝わらない。風に煽られた波のうねりのその動きだけがあられもなく鮮明だ。声が伝わってこないのは二人が息を殺しているからではなく、たぶんそれは、壊れたわたしの耳のせい。こちらの方が息を潜《ひそ》めるしかない。だが裸体の男と女のうねりに揺すられこちらも昂ぶりを抑えることはできない。昂ぶりの中でどろりとした欲望がうごめく。重く沈むこの体をどうにか寝返らせ、絡まり合う二つの体のその動きの中へ、自分も入りこんでしまいたい、という奇怪な衝動。大きく息を吸いこんだ。吸いこんだものを体全体に少しずつ移動させてゆくように背中を揺すってみた。下半身が軽くなる。右手の肘を曲げ、ゆっくりと引いてみる。そのまま背の方へ廻した。ゆら、と上体が向きを変え、転がる。変だ。濃く籠っていた匂いも人の気配もない。それほど一瞬のうちに二人は息を潜めてしまったのか。

頬に当る強い視線があった。瞼を開けた。視界はすぐには明瞭にならないが、立った位置からこちらを見おろすこの影の輪郭は、たしかに、Y。靄が次第に晴れてゆく。困惑と忍耐の入り混じったYの顔を認めた。あたりへ目を巡らした。瑞穂の姿はない。不審な夢を視た後の、容易に消え去らぬ生々しい感触は体の底に疼いたまま。Yが笑いかける。柄に合わぬ労りの作り笑いだ。

——起きあがってみようか。

もとより抵抗の力はなかった。差し出された腕に抱えられベッドから下ろされた。直かに立ってみると、足許がふらつくということもない。鈍痛も薄らいでいる。ぼんやりとそこに立つだけのわたしを、ちょっと眺めるようにし、Yが深く頷いた。さぁ、また演るんだ、という合図。だが、わたしは何をどうすればよいというのか。指示を乞い、Yを見あげた。

——行くんだ、今度はきみひとりで。

——どこへ。

――もちろんあの杜へだよ。

――於戸兼《ウトゥガニ》の杜……。

――そう、そうだよ、その、ウトゥガニの杜だ。

叫び、顔をほころばせたYの手が、わたしの肩を荒々しく揺すりあげた。何度もやり直しをさせられた後で、やっとうまくいった演技にOKを出す時の、称讃の表情だ。弾みのかかった熱い声。

――なぜ、わたしはその杜の名を知っているの。

――憶い出したのさ、きみは。自分自身の名前をね。あの杜は、きみの名前で呼ばれている、きみの名前は、あの杜の名だ、そのことを、今きみは、自分自身の記憶の中から導きだしたんだ。

――でも、わたしの名前は、於戸兼なんかじゃない。わたしの名は……。

自分の名前なんて、もうずいぶん口にしたことも人に呼ばれることもなかった。

――そうだ、きみは、ウトゥガニなんかじゃない。だがね、きみはウトゥガニでもあるんだ、それを忘却していたのはムリのない話なんだが。というのも、それは名付けられただけで、一度も呼び掛けられることのなかった、きみの童名《ワラビナ》だからね。

――わたしにワラビナがあったなんて、そんな話、聞いたことなんかない。それに、一度も呼び掛けられたことのない名前なんて、名前といえるの。

――それがこのシマの掟というわけなのさ。その子の出生と同時に密かに名付けられたワラビナは、決して発されてはならない、という。その名は、誰にも告げ知らされることはない、名付けた者さえその名を口にしてはいけない。そのタブーが守り通されること、そのことだけが名前の持ち主をその人自身にする唯一無二の条件、というわけなんだ。誰にも侵されず誰の支配を受けることのない自分にね。だから、きみがきみ自身になるためには、自分だけの記憶の底から、自身の力でその名を喚びだす必要が、どうしてもあったのさ。

――たしかに、わたしは、あの杜の前に立ったとき、なぜだかその名をふと思いついた、ここは、於戸兼の杜だって。でもそれは、何か夢の中の出来事のようだったし……。

――夢じゃない、というか、あれは、きみの視た夢のまた夢なんだ。だからあれは、きみだけのドラマだ。きみの歩いたあの杜は、まぎれもなくウトゥガニの杜なんだよ、このシマの由来にまつわる伝承を残すというね。あの杜はきみのワラビナで呼ばれている、きみの名前はあの杜の名だ、そのことが、シマときみが深く関っていると僕が予感した、何よりの手掛かりなんだ。さあ、だから、行くんだ、自分が自分自身になるために。あの杜の記憶を、もう一度蘇生させるんだ。

鋭く発されるYの声は人のもののようではない。わたしを切り裂く地鳴りの音だ。かつて誰にも告げられず、一度も呼び掛けられることのなかったという、わたしのワラビナ。だがすでにわたしは、その名で呼び掛けられていた。あのアガリパマの手前に立つ藁葺き小屋の中で。あれはわたしだけが視た夢のドラマというのなら、それをなぜYは知っているのか。わたしのワラビナ、わたしはいったい……。微かな割れ目からそっと垂れてきた、透明な一本の糸。ゆっくりと手繰り寄せる。……そういえば、わたしには曾祖母がいた。母方の祖母のそのまた母だ。死に別れてから、三十三回忌はとっくの昔に過ぎてしまい、その面影も漆黒の闇の彼方だ。それもそのはず。わたしの出生と前後し曾祖母は逝ったと聞いているから。もし、わたしに名付けの親がいるとしたら、考えられるのはあの曾祖母の他にはいない。わたしにウトゥガニ、と呼び掛けたウフツカサの夢の声。あれは遥かな記憶の母からの呼び掛けであったかもしれぬ。ウトゥガニ、と呼びつづけたその声にこめられた慈愛の響きが身に染みる。声に震えたこの身の反応を、わたしは疑うわけにはゆかない。このシマは、その曾祖母のシマということなのか。

遥かなものへの思いがわたしを前方へと押し出した。

6　沈む風景、浮きあがる声

土の匂いのたちこめる道を歩いている。

葉緑の深いかたまりを遠くに見渡すシマの空間を、だんだんに押し広げているのだろう緩やかな下り斜面にいる、と感じているが、視界はまだ茫洋としたままだ。湿った静寂があたりを覆う。眼下に伸びる風景を何とか色分けし、自分の立つ場所を確認したいのだが風景の境界はいっこうに定まらない。ふたたび放りだされた空白感の中にわたしはいる。だが不安の訪ずれはない。眼前のとりとめのなさもある近しさでわたしを包むのだ。とりとめのなさそのものに、すっかりわたしは馴染んでしまったようだ。

足軽さが奇妙なぐあいに地に着く感触を得ると、右足の歩みの不自然さが意識された。

夢中で走りつづけている間は感じることのなかった擦り傷の痛みに、たった今気づいたというように、突然、ぎくしゃくとなった足を引きずった。あたりが急に陰りを帯びる。見あげると、頭上を厚い雲が張り出している。雨の降りだす気配だ。うりずんの季節の雨の予感はわたしの心を疼かせる。と、頬に雨粒が当った。ポタ、ポタポタと落ちてくる。あんぐりと大きく口を開け、まっ黒の空を仰いだ。渇いた体が雨を欲していた。幾重にも折り重なる巨大なクワズイモの葉陰で、蹲り、雨宿りをする自分にふと気づく。裸の足が震えている。白く小さな足だ。クワズイモの葉が巨大なのではない。わたし自身が幼な子に戻っているのだった。手にしているのは赤く熟れたクワズイモの実の房だ。葉陰に垂れかかったその実をわたしはもぎ取ったのだろう。雨が降りしきる。頭上で激しく葉を叩く雨音は、荒々しく打ちつづけられる小太鼓のリズムで落ちてくる。震え、ちぢこまっていた足首が、跳ねた。遠くから呼びかける音に弾かれたのだ。

銅鑼の音だった。杜の祭りの音だ。まちがいはない。祭りの最中の神囃子が雨のリズムに乗ってやっととどいてきたのだ。裸の足で駆けた。ひんやりと霊気のこもる仄暗い杜への小径を、一心に駆けた。雨音が激しさを増す。祭りの音が、雨に溶ける。雨水の弦で奏でられたシンフォニーがだんだんに高鳴る。どよめく杜。その奥で蠢くもの。ふは、ふはぁ、ふはぁー、と聴こえてくるのは、あれは杜の息遣いだ。得体の知れぬ生き物の様相で立ち現われる杜は、たっぷりと雨水を含み強力になったエネルギーを内部に抱えこみ近づく者を怯えさせる。雨の日にかぎらない。杜はいつでもそうなのだった。ふとその中へ迷い込んだムラの子らの心には、杜の吐き出す濃い息に弾き返された記憶が深く刻みこまれている。杜が巨大に膨れあがる日。その膨らみの中心から、高らかにけたたましく響き渡る連打音がムラ内《うち》にとどき、音を耳にするや、ムラビトは杜の中に飛び込むように駆けてゆく。杜の声に呼ばれるのだ。

杜の祭りはいつどのように仕組まれ何者によって執り行われるのか、そのことについては、誰もが見当などつかぬ、という表情でひとびとはそこに参集する。神の前にひれ伏し張り詰めた大人たちの秘密めいた動きのなかで、幼い者たちはまだこの世の者ではないとなおざりにされた。だが、樹々を伝い、空を駆け、シマ内にとどけられる杜の声は、シマの地に足を降ろす一切の者の身を支配する。それは、祭りのあいだ中ひっきりなしに打ち鳴らされる銅鑼や太鼓の音というのでも、その間隙に高らかに吹き鳴らされるホラ貝の響き、というのでもない。いつはじまりいつ果てるとも知れず、シマの底を揺すりつづける老女たちの、フツ、フツフツフツフツ、という低い祈りの唱えなのだった。けたたましく響き合う表層の連打音をぬって、絶えまなく押し寄せる杜の声の、その発信地へとシマビトはひたすら導かれる。海の彼方からの風に靡く樹々の枝葉の動きで。

――シマぬハジマリぬ、パナスィどーい。

杜の広場の片隅になおざりにされた子供らの耳に、突然、男の胴間声がとどく。声の突っ飛さに身をすくめ、その方へ目をやると、いかにも間に合わせに着込んだという、身に染まぬ黒袴の中年男を見る。握り拳を作った男の緊張した直立姿は、こっけいだが、少しの笑い声やその気配さえ見せてはいけない。男の胴間声を合図に、そのときから幼い者たちも大人のなかへいざり寄ることができる。祭りの場で座を占めることが許されるのだ。

これからシマの始源の物語が語りだされるという。広場の中央にセットされた奉納舞台のうえで。桟敷に並ぶ者たちから、その舞台は見あげるようにしなければならない。語りが開始されるや、容赦のないシマコトバが頭上から降ってくる。大人たちの交す日常のコトバにもまだ訓染めぬ幼い者たちの耳に、韻律を帯びた翻訳なしのシマコトバの語りは、いっこうに輪郭の描けぬ異界へと導くばかりだった。それでも子供たちはひたすら聞きつづけ、語りの合い間あいまには、何度もなんども深々と頷き返しもするのだった。その場にいるかぎり、そこで発されそこに出現する全てのことを、無条件に受け入れなければならぬという教えがシマにはすっかり浸透していたから。

だから、そのようにして、胴間声の男によって語りだされるシマの始原の物語は、どんなに耳を澄ませてみても、筋を辿れぬ声だけのドラマとして展開されるのだった。のちのちシマの子供らの耳に残るのは、語りの中に何度も登場し、くり返し発された、しかじかの固有名ばかりだ。シマ生みの主御主前加那志《ウシュマイガナシ》と、彼にまつわる女たちの名前の列だった。マヂル。ウミチル。マダマチ。カナマチ。クミダル。ウトダル。マムヤ。ヌベーマ。タイチー。クヤマー。マフエラチ。マミドー……。その仕舞いの条でひそやかに発された名、それが、於戸兼《ウトゥガニ》、だった。

……あぬ夜《ユル》ぬ御伽《うとうじ》や、ウトゥガニどうやたる、

ウトゥガニが仕業《しわざ》や、
御主前《ウシュマイ》ぬ心《ククル》ゆ揺るがし、
シマぬククルゆ揺るがし、
ウトゥガニが声《クイ》や、
シマ内《ウチ》に響《とぅゆ》み、
余所《ユス》ジマにとぅゆみ、
シマ内《ウチ》ゆ割《ば》き分き、
胸《ンニ》ウチゆ砕《ば》き取り、
御涙《ミナダ》ぐとぅ流り、
海《ンミ》ナカイ流りながり、
余所《ユス》ジマゆ馳《は》い巡りみぐてぃ、
天《ティン》に上《ヌブ》てぃ……。

於戸兼によって心を砕かれたのは、あたかも我自身であったというような、聞くも痛ましく猛々しい声が天高く張りあげられる。

その語りの調子が絶頂を迎える段になって、男の胴間声は、唐突に、ふつりと途切れてしまう。それで、シマの始原の物語は、語り終えられても、幼い者たちの心に残されるのは杳として不可解な世界の謎ばかりだった。その謎に隠されたもうひとつの謎のドラマを、なぜかわたしだけは知っている、という思いに駆りたてられた。そうして呼び起こされた、もうひとつの物語。

胴間声の男の語りが途切れた直後、わたしは、わたしだけに訪ずれる低いささやきを聴くのだ。居《オ》ーリトォーリ、という。鼓膜に疼くその声が一瞬身を震わせる。声に誘われその場からわたしは立ち上がり、居並ぶ仲間の隙からそろそろとすり抜ける。やがてすたすたとなった裸足が辿り着いた所は、シマの北の突端にある洞穴の入口だった。声はその中から伝わってきたのだ。肌をひやりとさせるものが吹きかかった。季節外れの冷気を含んだ北風《ミーニシ》を感じさせる風だ。背後に広がる海辺からではなく、洞の向こうから吹いてくる流れに乗って、甘やかにふくよかな声が、今度ははっきりと伝わってくる。オーリトォーリ、ウトゥガニ。母の声だ。母にそう呼ばれるからには、やはりわたしは於戸兼なのだろう。

曾祖母の深い意思を母は知らずに受け継いでいたのでもあろうか。名付けた曾祖母さえ呼び掛けたことはなく、誰にも知らされることのなかったわたしのワラビナを、ひそかに呼びかける母の声は、遥かなものへの果てしない願いのようでもあった。声のふくよかさに導かれた。遠い母の声を抱きとめるため、洞の中へ向かった。すっかり入りこんでしまうと、洞の中は緩んだ風が漂うように澱んだ。向こう側から吹く風を遮るものがある。湿りを含んだ闇がゆらめくように広がった。うすく闇の剥がれたそこに、ひっそりと佇む細身の紺地《クンジ》姿を見た。紺地の裾が背後からの風に揺らめいている。上半身は静止し、結いあげた髪と崩れのない襟足から袖の線に気品が漂う。普段のなりとはうって変った祭りの日の端正なその装いが、一瞬母であることを疑わせる。光の頼りなさにその表情も明瞭にはならない。だが重くつらい日頃の労働の疲れをおしぬぐうように、充分に晴れやかさを匂わせた顔は、母にまちがいはない。紺地姿のたたずまいから漂ってくる情愛には疑いえぬものがあるのだ。

——阿耶《アヤ》ー前《メ》ーたい。

恋しさをぶつけるように叫んだ。阿《ア》ン母《マ》ー、ではなく、アヤーメー、というのはわたしにとっては非日常の、不慣れな呼びかけだ。それでも今日の母の装いにはどうしてもそれがふさわしいとわたしは感じる。アヤーメー。もう一度呼びかけ、走り寄ると、なぜだか紺地姿はすいと身をかわした。後じさる。ゆらりゆらりと首が振られる。なぜなのだ。こんなに身近かにいるのにこの手で触れることができぬとは。さらに詰め寄る。拒まれる理由を質すため。と、乱暴に振り払われた。身を翻し、紺地姿は、暗い洞の奥へと駆けてゆく。ふんわりと結いあげた髪が、噴きあがった洞の風に煽られ、バサリと乱れた。妖鬼のようにひゅるるるると長く尾を引く髪をたなびかせ、紺地姿が洞の奥へと去ってゆく。黒い風のよう。光がとどかなくなった。後を追うことができない。洞の暗がりはどこへつづくのか。

……終演を迎えたはずの幕がふたたび上げられた、というように出現したまっ青の空を見ている。シマそのものを水浸しにしていた雨はいつのまにか上がった。からりとなった空洞が高みへ抜けてゆく。首を反り、振り仰いだ。明るくうすく張り巡らされた膜が体を縛りあげる。杜に光の帯が降りてくる。ずっと裸足の裏にまとわりついていた泥のぬめりは瞬くまに乾き、さきほどからわたしを囃したてていた早打ちの太鼓のリズムが急速に遠のく。震えつつ微かになり、消える。待って。思わずその方へ両手を広げ、差しのべた。

身を乗りだしたがどうしたことかそれ以上伸びあがらない。見ると、わたしは大きな榕樹の根の窪みに下半身がすっぽりと嵌りこんでいる。腰の周りで盛りあがりを見せる、でこぼこの榕樹の幹の、黒い瘤になった壁だった。そんな部分に下半身が収ってしまう程度に、わたしの体はまだ小さいままに保たれているのだった。情容赦なく音は途切れてしまった。戸惑い、もう一度あたりを巡らすわたしを放り出すように。一瞬のうちに底が抜け、遠くなった杜の空洞。風も流れない。無風の杜に降りてくるのは木の間を抜ける天上の光ばかりだ。黄金色に輝く帯がわたしを包みこむ。雨に濡れ冷えた体が少しずつ緩みほぐれてゆく。蹲るわたしのまわりで光の膜は煙のように白い粉を噴きあげはじめた。淡い放物線を描きゆるやかに立ちのぼってゆく光の流れを、ぼんやりと見あげはじめた。綿のように柔らかな光の熱の輪が広がり、その芯の方へわたしはしずかに降りてゆく。閉じたままの瞼のその向こうに、煌々とした光の熱を感じている。肌が火照るほどの強さだ。重い瞼に閉ざされた視界の、半ば朦朧とした意識のなかで、感覚のある一点だけがいやに澄みきっていた。そこへ浸入してくる人の声。

――アヤーたい、アヤーたい。

板間のようなものを踏む、きしきしという足音の合間に張りあげられるのは、幼い子供の母を呼ぶ甲高い声だ。

――クリ、クリ、童《わらび》、

大阿鼻為《うふあびさ》んけー。

子供を諫める男の抑えた声が、太く響く。

――アヤーメー、アヤーメーたい。

男の諫めも意に介さぬふうに、子供の母親を呼ぶ切羽詰った金切り声は止まない。

――アイッ、此《く》ぬ童《わらび》、

人《ちゅ》ぬ言《い》ゆる事《くとぅ》聞《ち》かんでぃ、阿鼻阿鼻《あびあび》し、

アヤーんかい、何《ぬ》ーぬ用事《ゆーじ》ぬ有《あ》いびーが。

――ユージやあいびらんー、

アヤーぬ面影《うむかじ》ゆ拝《うが》み欲《ぼ》しやあてぃどうー。

――何《ヌ》ーんでぃ言《い》たが、わらび。

――アヤーゆ拝み欲しゃーぬ。

——何《ヌ》ーンディ……？
よう聞《ち》からんしが、わらび、
我《わ》んや、耳《みん》ぬ聞《ち》かんなたがやー。

母親に捨てられてか、はぐれてか、母に会いたいとくり返し訴える子供に、子供よ、私は耳が聞こえなくなってしまったようだが、ととぼけてみせる男の応答は、言うことを聞かぬ子供へのお返しのお仕置きだとでもいうよう。

——エーたい、御旦那《うだんな》たい、聞《ち》ちとらせー、
我んや、アヤーぬ面影《うむかじ》ゆ、拝《うが》み欲《ぶ》しゃーぬ。

子供の声に哀願の色が濃くなる。

——ターンーディ、御情《うーなーさーき》ーにぃー、
会ーわーちぃー、たあーぼおーりぃ。

哀願の声は韻を帯びた唱え《トゥネー》の語りかけに変った。その韻律の湿りが男の心に深く染みたようだ。穏やかな男の声が返ってきた。

——拝《うが》でぃ済《し》む事《くとぅ》やらば、此間《くま》に居《い》おーり、

居おーりよー、わらび。

――タンディどー、タンディ。

何げなく通り過ぎるようでいて、いやにはっきりと意味内容を知らせてくる子供と男の掛け合いは、聞いているうちにしだいに間遠になり、それにつれ言葉にこめられた情感はそがれていった。伸びたテープからの声のようにも聞こえる。子供と男の関係は判断できない。親子かもしれぬという気もするけれど、相手をやりこめながらそれなりの関係を匂わせもし、それでいて他人行儀にお互いを気遣い合うとでもいう、何か不自然な言葉のやり取りが、その想像を掻き消す。それに子供は男なのか女なのか。高く張りあげられ細く伸びてゆく声色は娘のようにも思えるが、それもよく聞き分けることはできない。母音を抱きこんだまま喉をしぼりあげていく高く鋭い発声のせいで、すぐには男女の色分けがつかないのだ。覚めがけの意識の表層に、いきなり、花やいだ音響の作りだす賑わいのあるシーンが拡がった。やぁー、母親《ファファアウヤ》ゆ、という文語調のトゥネーの呼びかけが頭上すぐそこで囁かれた。意外にもそれはわたし自身への直接の呼びかけにも思えるので、夢のつづきを見たさに、すっかり覚めてしまうことを拒む意識が、おぼろな感覚をなおも右往左往と彷徨わせる。いったい、わたしはどちらへ引き返せばよいのか、出来事は現実世界で起こっているのか、夢の中か。そのうち、とはいってもすべてが瞬時のうちに起こっているという気はするのだが、その不確かな感覚のなかで、ある判断が意識の表層に浮上してくる。わたしに子を産んだ体験などない、という。だからわたしのことを、アヤーメー、とか、ふぁふぁうや、とか呼びかける者が現実世界に存在するはずがなく、ということはこの呼びかけがわたしにたいするものだとしても、現実の声ではありえず……別の記憶に促された。

　これは劇《ドラマ》のある場面なのだ。盗人に攫《さら》われた子供と、子供を捜し、彷徨い、あげくの果てに狂ってしまった母親の物語。そんな筋をもつ〈組踊《くみうどぅい》〉の一場面に、たしか攫った娘を脅し、すかし伏せる盗人と、母を恋い求める子供の掛け合いがあった。そのことを俄かに憶い出した。とはいえ、聞こえてくる子供と男のやり取りがその物語のシーンにすっきりと収まるというわけのものではなく、わたしは今舞台を観ているというのでも、そこに立っているというわけでもなく、そのやり取りの声がわたしを連れ出したところは、雨の日の薄暗い喫茶Mの片隅だった。

　……いつになく静かな様子で話しだしたYの顔をぼんやりとわたしは見つめていた。舞台をハネた後の、全ての力を使い果たしてしまったという青白い顔だった。打ち上げパーティの席から二人はこっそり抜け出して来たのだった。その日の舞台にはYも立ったのだったか、お互いにひどい疲労感の中にいた。やがて目の前の青い顔が霞みがちになり、いつしかわたしは脈打つYの低い語りに身を沈めていた。語り出されたのはYの生い立ちの物語だった。もの心ついた頃の、生みの母親と二人きりの、世間から取り残された暮らし。父親の許へ引き取られた後、夜の辻衝で芸を売る身であった母親への断ち切れぬ思いから劇団を逃げだした夜の道の暗さ。Yが五歳に満たぬ年に儚くも病死した母親の面影。複雑ながらも親密な関係が彼の心を慰めてくれた腹違いの姉たち。名子役としてもて囃された花やかだった日々。多くを語ることなく彼を支配しつづけた父親への畏怖と反撥。雨の夜がそう語らせているというような、湿った人情劇さながらのYの生い立ちの物語は、いささかの脚色の緩みも見せぬ低い語りと、淡々とした表情の名演のうちに展開されたのだった。夜半近くの喫茶Mの片隅で、疲労感を通り越しわたしの意識は変に冴えていた。

あの時、モノローグで綴られたYの語りが古めかしいドラマの場面として今浮かびあがった。

そうだった。その日の舞台そのものがYの生い立ちの物語であったことを、憶い出した。ついさっきわたしの意識の表層でくり広げられた男と子供の掛け合いは、二十年以上もずっとわたしの耳の底に潜んでいた、あの舞台の声の名残りだったのだろう。すっかり辻褄が合うというわけではない科白の余韻が、それでも奇妙にわたしに迫り、そのままあの日の舞台に重なってゆく。演じたのは、たしか、「てかけ」の身で子を産したうら若い母親の役だった。死に目にも会うことの叶わなかった生みの母への深い思慕を、Yはあの劇《ドラマ》に託しそれを演じることをわたしに強いたのだった。思い入れのあまり水分を含みすぎた韻律を、わたしはたかだかと唱えなければならなかった。物心ついたばかりの幼な子を手放す母親が、連れ出される子に投げかける、別れのウタがあった。

いちまでぃんかながなとぅ、暮らし欲《ぶ》しゃやどぅやしが、
此《く》ぬ世居《ゆう》てぃままならん、縁《いん》ぬ苦《くり》しゃや。

だが、わたしの発する韻律は何度やってもYの気に入ることはなかった。結びの句「縁

ぬ苦しゃ」の味わいがどうしても出ないというのだ。だめだ、だめだぁ、なんだってきみはそんな声しか出せないのか、もういいっ、止めちまえぇー。真夏の嵐の横暴さでヒステリックに吹きまくる罵倒をくる日もくる日も浴びせられた。その声から逃げ出す術をわたしは知らなかった。縁ぬ苦しゃ、いんぬ、くりしゃ、いん、ぬ、くり、しゃ、と唱えつづける自分の声にいよいよ縛られながら、じつに何とつらい縁を結んでしまったのだろうと呟いていた。かろうじて上演にこぎつけたわたしの演技にあのときYはどんな感想を述べたのだったか。ぎりぎりの声だった。Yの願いの深さにわたしの喉は引き裂かれたと感じていた。Yに応えるトゥネーを、二度と発することはできないと悟った。それがYとの別れの予感でもあったのだ。

記憶の襞に漂う子供の声の余韻がなかなか消えさらない。タンディどー、タンディ、と哀願のトゥネーをくり返していた子役の顔はすでに記憶の彼方だ。

7　楽屋裏

いくらかの時の経過感がある。

ずっと閉じていた重い瞼を開けた。目のむこうで楕円の像が揺れている。不安定に揺らぐ影の正体はすぐには判然としないが、女のものであることはその膨らみぐあいでそれと知れた。目の上で大きくうごめく影のゆらめき。ふわりと、顔そのものでわたしを撫でさするようにその面が間近かに覆いかぶさってくる。

——お目覚めのようね。

面立ちを確認するより先に、発された声色から正体はおのずと知れた。例の女だ。瑞穂はなぜここにいるのだろう。それに、ここはどこなのか、という疑問も、熱を含んだその手の感触を背中に受けた瞬間、消えた。瞼のむこうに人のぬくもりを感知するや知らずにわたしはその方へ手を差しのべてしまったようなのだ。気遣うようなゆっくりとした動きで上体が起こされた。わたしは女の胸許深くに顔を埋めている。濃い花粉の匂いの中だ。イジュの花のあまやかに匂いたつ胸の膨らみは、心地良いというより、あまりに頼りない。不安にかられた。自分で自分を支えなければ、という強張った感情が突出し、いったん凭せかけていた上体を引きざま相手の胸許を乱暴に押しやっていた。のけぞるように揺らめき、女が甲高く言い放った。

——なにをするの。

だがわたしの挙動に感じるものがあるというように、すぐに女の語気はやわらげられ、労るように言い掛けられた

——なにも、あなた、そんなふうに恐がることは、ないでしょ。気持を落着けて、よくごらんなさいな。ほぉら、このアタシを、よぉく、見るのよ。

それなら、よぉく見てみようと、見開いて凝らした目に入ってきたのは、例の瑞穂のも

のらしき白い顔……いやこれは、ただの顔ではない。おそろしく、しろい。楕円に切り取られた厚塗りの壁のよう。こちらを抉るように凝視する、こってりした面に穿たれた二つの黒い穴。眉も唇の輪郭も、ないではないか。恐がることはないと言われても、これはムリだ。強張った表情をいよいよ固くし、ズルズルッと大きく後じさった。ふっとかすかに吐息を漏らし女が立ち上がる。ゆらゆらとしたその動きにはわたしの反応を愁えるとでもいう、何やらかなしげな気配さえ漂わせている。様子を確認しようとその方へすり寄っていった。すると、女はくるりと背を向けわたしの視線を断ち切ってしまう。まるで拒絶された憎しみの表現ででもあるかのよう。筋の伸びた背中に流れる艶のある黒髪をぼんやりと見上げた。贅肉のないすっきりとした姿態。まちがいなく、若い娘のもの。瑞穂だと思ったのは錯覚だったのか。ゆるりとしたしなをつくり娘はそこに座りこむ。次の所作への繋ぎのために、しばらくは間をおく、とでもいう予定された動作にも思える。しかし娘はその姿勢のまま動きを止めてしまった。そこに誰かがいるという気配がだんだんに希薄になってゆく。とりとめのなさに不安と焦りがつのり、娘の所在をこの目で確かめなければとわたしは身を乗りだした。顎を持ち上げ、娘の背のあたりへ、やにわに顔をつっこんだ。と、息を呑む。がっくりと折れた娘の首と見合った。ひっ、とひき攣れ、こちらの方の首筋が硬直する。なんということ、娘の白い面が首根っこを捻り廻した形で後首にぶら下がっている。息を詰めた。ひき攣ったままの目をおそるおそる移動させ、ほっとした。鏡だった。左手の壁一面に嵌めこまれた鏡の中に畳間にぺったりと腰を吸い付けて座りこむ自分の姿を見た。鏡の中の娘の面が歪んだわたしの目の中でブレをひき起こし、異様な映り方をしただけなのだ。目覚めしな、自分の居る場所に深い奥行きを感じていたのもその反射像のせいだったらしい。じっさいには、そこは、六畳ほどもあるかなきかの畳の間だ。気づきがけに嗅いだ、目の眩むような臭気の正体も判明した。狭い空間のあちらこちらに手当たり次第に吊り下げられた衣装類から発散してくる、樟脳と舞台化粧品の混ざり合うにおいなのだった。

そう、ここは楽屋だ。

わたしのむこうでぐにゃりと背を屈みこませた娘が、何やらごそごそと動きはじめる。羽織っていた浴衣を解いた。緩められた襟足を大きくはだけ肩から背中半分の肌をすっかり晒した。うら若い娘のつややかな白い肌の輝きが眩しい。首筋から肩にかけてのしなるような線に器用に捩った手首をすべりこませる。ドーランを含ませた刷毛を走らせている。ベタベタとちょっと乱暴に塗りたくり、刷毛をスポンジに取り替え、斑模様になったドーランを、はたきだす。そろりと投げ出した片足のスネの方へぐーっと身を屈めていった。地に這いつくばる傀儡の動き。刷毛を持つ手を替えては首を傾け、捩り、自分で自分の部分を覗きこむ。ためらいもなく晒された肌に化粧を施してゆく娘の上半身が、肩に乗れかかる髪を振り払うとき、ぐにゃりぐにゃりと波打った。そのうねりのリズムに合わせ娘の手首は動いてゆく。刷毛を振り、スポンジで叩く。そんな所作をくりかえしている。首筋からはじめて、腕、スネ、ふくらはぎ、足首、仕上げは手首、という手順。なにを思うということもなげにひたすら化粧に執着する上半身剥きだしの娘の姿態は、あられもない。体の位置を変えるたびに、細い線のわりには豊かな乳房がゆらゆらと隆起の線を揺らめかす。背後にいる人の目など意識から排除してしまったという恥らいのなさは見ていて切ないほどだ。一心不乱に体を揺すりつづける娘の姿を、わたしは鏡の中に見ている。所作の一コマ一コマが目の中でゆるやかな映像となって流れた。娘とこちらとの間に透明な膜の層が張りつめ、その不思議な静謐感が微かな恍惚感に変化するのを感じたとき、ある奇怪な境地に陥ってゆく自分に気づいた。視線を壁側に残し、肉体そのものは娘の中へ入りこんでいく、そんな遊離感が起こった。娘の動きに重なり体をくねらせている自分を、壁の目が見ている。首を持ちあげ、いかにも煩しげに黒髪を振り払う所作を、わたしはする。そろりそろりと腕を上げ、下ろし、首を振り、着ていたものを脱ぐ。立ちあがり、体を移動させる。衣装掛けに近づいた。白や黄やブルー地の紅型《ビンガタ》打ち掛け、単衣の紺地《クンジ》、真紅の胴衣《ドゥジン》、黒染めの紋付、紫帯、芭蕉衣《バサージン》……。取り揃えられたなかから、ふと心惹かれた格子模様の麻の単衣を引きずり下ろした。そのとき、強いヴァイブレーションのかかった娘の高い声がわたしに叩きつけられた。

——待って、ちがうでしょ、それは。

びくりと手を止める。

——あなたの衣装は、黄の地の紅型《ビンガタ》打ち掛けよ、麻織りの単衣では、狂女は演じられないじゃないの。あなたの役は、ウトゥガニ、それも、狂女というわけだから。あなたは憶い出したのでしょ、ウトゥガニであった自分を。

そう言い含められるとすぐにもわたしは頷いてしまう。

――こうなったからには、もうつまらない迷いは禁物ね、あとは、演るだけよ。

娘にそう言われ、わたしは自分に言いきかせる。わたしは、於戸兼《ウトゥガニ》。あの杜に祀られたそれは、わたし自身の名。すると、記憶の底で微かにうごめきだすものがある。そっと瞼を閉じ、それに、この身を委ねてみようと思ったとき、突然、慌ただしく空気が流れだす。記憶回復の間を娘は与えてくれない。娘がわたしをこね廻しはじめたのだ。バタバタと身を揺すり上げられた。あっと思うまにわたしの髪はカムロに結いあがり、面にはたっぷりと白いドーランが塗りたくられ、やがてわたしは、娘と同じ形相を呈する自分を鏡の中に見ることになった。そんな自分を納得するわけにはゆかぬ、と何者かに抗う感覚が一方で強く起こる。その感情とは裏腹にわたしの手足は動きつづけ、赤足袋に足を突っ込む。立ちあがり、ぐるぐると腰にカカンを巻きだす。真紅のドゥジンに腕を通しおえたとき、ふと部屋を充たす音の流れに気づいた。トト、トトトト、トトトトトォトーン……。三線《サンシン》の音だ。うたいも混じる。低く地を這うような唸りなのに音は頭上から降ってくる。見あげると、ドア近くの天井壁数十センチ下方に、備え付けのスピーカーがあった。音はそこから落ちてくるのだ。すでに舞台は本番に入っている、ということのようだった。

水上の劇場から連れ出された後の、時間の感覚は混濁したまま。移動したはずの場所への記憶も取り戻せない。立体感の濃い場面がいくつも膨れあがる空間の歪みの中に、わたしはいて、見知らぬ娘のなすがままに身を任せている自分を確認するだけだ。手慣れた仕草で娘はかいがいしく支度をすすめてゆく。舞台の時間を気にしてか、着付けの勘のなかなか戻らないわたしの、もたつく動きに苛だつようにしながらも、気遣うように機嫌を窺い声を掛けつづけている。

——演らなければならないことを、やっとあなたは理解したのね。ああ、だいじょうぶ、そんな心配そうな顔をしなくっても。本番ぶっつけでも、あなたなら、きっとだいじょうぶだって、というより、これはあなたしかできない、とっておきの役なんだって、Yがそう言っていたもの。あなただって、そう思うでしょ、役者を見るYの目の確かさは、あなた自身がよぉく知っているはずだわ。何と言っても、Yの言うとおり、今度の役はあなたにぴったりのハマリ役になるはずなの、きっとね。

自分の言葉を強引に相手に押しつけてくる娘の口調は、そっくりあの女を思わせる。調子だけではない。声色そのものがよく似ているのだ。目覚めぎわに掛けられた声から、娘をあの女だと感じたのは根拠のない錯覚ではなかったらしい。もしかすると二人は母娘かも知れぬ。そうであるならあの女と娘の声が似ているというのもなんの不思議もないこと。わたしに触れてくる娘の、さらさらとした器用な手の動きがすっかりわたしを落着かせた。どうやら感覚の混乱は薄れたようだ。

仕度はあがった。

ほら、と娘が鏡の前にわたしを押しだす。足許がぐらりと揺らいだ。真昼間の太陽の色をそのまま吸いこんで発光したというような黄の地に、白雲と流水をあしらった打ち掛け。襟許から覗く真紅のドゥジン。裾に纏るカカンの輝く白。それらのコントラストのあまりの鮮明さがわたしに一瞬眩暈を覚えさせた。反射的に娘の手がわたしの肩を支える。わたしのまうしろに、ぴったりと娘は並び、わたしを抱きかかえでもするように立った。両肩を摑んだ白い手の指が紅型にくいこむのが見える外は、娘の姿は鏡に映らない。まるで娘はわたしの背を影に隠れんぼうをしているかのよう。だからいまわたしが鏡の中に見ているのは、花々しい衣装に身を仕立てあげられた痛ましい我身だけ。

白いドーランのこってりとした面と見合った。額を等分に分ける位置から、こめかみの上方へ引きあげられた鋭く黒い眉。眉の流れに沿って吊りあげられ、くっきりと輪郭を隈取った、鬼の眼。そこには、発光源の定かならぬ異様な光が宿っている。とうてい自分のものとは思えぬ不気味な形相だ。その威光に対抗するある意志のはたらきで、わたしは背筋を張った。下腹部にぐっと力をこめ、構え立ちをしてみた。すると、我ながら見事な狂女姿を鏡の中に見ることになった。

――さぁ、もうすぐ時間よ、出番だわ。

高く放りあげる声で合図をし、娘の手がドアをいっぱいに開けた。わたしを促す。長々とまつわる紅型の裾の流れを引きずり、外へ出た。打ち掛けの裾を巻き取りつつ、するりと通り抜けた。奇妙なことだが、もう二十何年も身に付けたことのない紅型衣装が、この身にすっかり馴染んでいると惑じた。華麗な心地良さと高揚惑にわたしは充たされる。舞台開演前の緊張とひそかな興奮が、ひたひたとわたしに押し寄せてくる。

楽屋を出たそこは、煉瓦色の絨緞が壁伝いに敷かれた狭い通路だった。この道を辿ってゆけば舞台下手へ行き着けるというわけなのだろう。

そこへわたしを導いてくれるものと思っていた娘は、半開きになったドアの内側でつっ立ったまま、こちらへ出て来る気配を見せない。わたしの方が案内を乞い、手招いた。しかし娘はとつぜん石になってしまったというように、その位置を動かない。不審なものを凝視めるように目を静止させ、ちょっと首を傾げているだけ。この絨緞の小道をわたしに連れ添う気はないらしい。わたしの仕度のために流した汗で、娘の額や鼻柱はドーランがすっかり剥げ、斑になっている。何かを言うというのでもなく、ひたすらわたしを見つづける表情のない娘の視線と、しばし見合った。立ち尽す娘とわたしのあいだに張りつめる、奇妙な時の間。と、いきなり娘がノブを引き、その間を断ち切る。さぁ、もう行って、というように。そのドアの隙間が閉じられる寸前だった。まだ目鼻の入らないのっぺらの斑の面に醜い歪みが走り、輪郭のない口許から、ふふ、と声が漏れた。笑いかけたのではなく、自嘲に似た、乾いた声だった。凍った悲しみが胸許に落ちてゆく。バタン、と隙間は遮られ、娘の方へ流れだしかけた感情も、同時に途切れる。ドアは厚い壁となり、娘は向こう側へと隠れてしまった。

白い壁に取り囲まれている。足許は煉瓦色の絨緞だ。その上でつかの間佇んだ。

深く息を溜め、吐きだし、ゆっくりと体の向きを変えた。娘に案内を乞うこともなさそうだ。この煉瓦色の小道が行き着くべきところへわたしを導いてくれるにちがいない。そっと脇を軽く開けるようにして両腕を揃え、その線の流れに手を添える。視線を前方の空間に浮かせた。紅型の裾を引きずり、赤足袋で包んだ足を摺った。

8　水渡り

煉瓦色の道は二手に分かれた。ま向かいに白い壁が立ち塞る。見あげると、これもまっ白に塗りこめられた低い天井壁だ。閉塞感にしめつけられ、歩みを止めた。壁に刻まれた凸凹の線が浮きあがる。やがてそれがルームごとの仕切りであることが分かった。

どうやらわたしはホテル内の廊下を歩いているようなのだ。二手に分かれた廊下のどの方向へ足を運べばよいのか。右か左か。迷うことに対する苦痛はもう起こらない。迷いそのものがこうしてわたしを移動させていると感じているから。とりあえず左へ曲ってみようと思う。その方へ腰の向きを変え、足を踏みだしかけたとき、重量感のある縦長の枠がわたしを引きこむように口を開けた。エレベーターが止まったのだ。腰の動きを戻した。

そこに姿を現わしたのは、予感どおり、Y。

片方の二の腕でエレベーターの扉を押しやり、一方の手首を腰に当てたポーズでこちらを見おろしている。それほど暗いというわけでもない光の下でYの顔は翳り、そのうえサングラスを掛けたまま。仕度の仕上がりぐあいを点検する顔の動きに、思わずわたしはその方へ両手を広げてみせる。上下左右にひと巡りさせた顔面を静止させ、表情のないYの口から意見らしいものは言われなかった。彼は演出家Yとしてわたしの前に現われたのだ。Yの企みのままにすでにわたしは一介の演技者だった。振り当てられた役は、狂女於戸兼《ウトゥガニ》。しかしわたしに役づくりのための予備知識は何ひとつ与えられてはいない。トゥネーの詞《ことば》も。うたいの節名も。場面設定すら。痛ましいほどに飾りたてられたこの身だけが滑稽に虚しくたたずむばかり。

そうだった。Yのやり口はいつもこんなふうだった。わたしはかつてのYの舞台をあらためて憶い起こす。あのどの舞台にもあった灼けつくようなあつい視線の威力。今その眼に射抜かれ逃れる道はすでに閉ざされた。覚悟を決めなければならない。またひとつ大きく深い息を吐く。果たしてわたしは舞台へ立つことができるのか。それにしてもなぜわたしは於戸兼なのか。於戸兼を狂女にしたのは何なのか。それに、記憶の断片に浮かびあがる物語の女たちの像と、あの杜に祀られた於戸兼との関係は、あるのかないのか。肩の緊張を緩め、顔を起こした。与えられた役づくりのための持ち合わせが、この花々しい衣装と於戸兼という名前だけというのなら、わたしはわたし自身の記憶の物語に自分を委ねるしか策はないようだ。

記憶の物語、といっても、憶い起こすことができるのは、かつて演り損ねた〈執心鐘入〉の宿の女。美少年へのあらぬ執心から鬼と化さねばならなかったあの女に、名はなく、あれは、ただの宿の女だった。朧ろに像を結ぶもう一人の女がいる。盗人に攫われた娘を求め野を彷徨い、あげくの果てに気の狂れてしまった女だ。あれにもそれらしい名があったかどうか。ウトゥガニ、という音の響きはそのどちらの物語にも重なるのを拒否していると感じた。空白の記憶の底に、わたしは沈みこむ。ソコからおのずと立ち上がってくるものをじっと持つしかないのだろう。果てもなくつづく、しろい記憶の空間。その広がりに身を潜めた。洞の中へ消えた女。祈りつづけるウフツカサの後姿。コマ切れに揺れる像がわたしを襲う。組み合わせた両腕の力を、ゆっくり抜いてゆき、解く。そうして手放しになった胸のうちで、そっと呟く。うとぅ、がに、と。からからに乾いた唇を開き、声にしてみる。ウ、トゥ、ガ、ニ。掠れつつ音になった。澱んだ底から、表面に向かってゆるく立ちのぼってくるものがある。体中を弛緩させ、そのゆらめきに身を添わせた。霧の流れがわたしを包む。熱となったそれは体を巡りだし、ゆるい輪郭を描いてゆく。その線状の帯のひとつにわたしは身を重ねる。両手首を肩の位置まで吊りあげた。平行を保った両腕を支え、Yを正面にする。

と、空間が巨大な広がりを見せ、伸びあがった。その広がりの輪の中で膨らみだした風の層を掬いあげるように、しずかに手首を胸の位置に寄せていった。内側へ向けてこねたその手首を外へ押しあげ、払いつつ、さぁーと空をなでる。そんな所作が、覚えずにしろい記憶の底からわたしを浮上させる。Yの顔がほころぶ。サングラスの眼がわたしを把え、深く頷いた。そう、この手でいこう、というように。

Yの体が横へ逸れエレベーターの中へとわたしを誘う。足に纏る紅型の裾をすっかり巻きこむのに手間取っている間も、Yは例のポーズで腕を組み、わたしを眺め、手を貸すということはしない。扉が閉まった。ひと揺れし、エレベーターは移動をはじめる。

上へか下へか。扉側の壁を右肩背にしていて、移動表示を確認することができない。一メートル半四方ほどの箱の中だ。ほんの少しこの手を伸ばしさえすれば触れることのできる位置に、Yはいる。不意に、そうしたいという欲望が激しくこみあげる。脇の線の流れに揃えておいた両腕が、Yを求め、震えだした。だがサングラスの奥の眼はそのわたしの欲望を釘のように突き刺す。鋭い痛みがわたしを磔にする。痛みの余韻がじわじわと全身に広がり、滲みだした。やがてそれは、しずかなかなしみとなって流れだし、しとしととと音をたててみぞおちあたりに落ちていくのだった。なまぬるい一筋の液体がわたしの頬を伝う。鬼の面にそれは似合わぬ、とYの表情はなおも冷やかだ。

カタリ、とエレベーターが停止し、背の扉が開いた。引きこまれ、外の方へ傾いたわたしの肩を、Yの手が抑止する。そうしておいて扉をすり抜けていったのは、Yの方だった。そこに、紺地《クンジ》のワンピースを着流した玉城瑞穂の姿がある。ふくよかに屈託のない表情は、喫茶ルームで会ったときのままだ。いつかどこかで会ったことがあるという女への既視感は、いつかまたどこかで会うはずの近しい感覚として意識された。それとなくさし出されたYの腕に女はしなだれるように絡ってゆき、ぴたりとふたりは寄り添う。わたしへ向けられた女の秘密めいた微笑みと、傲慢に放たれるYの冷やかな視線。いきなり膨れあがった感情が水のように流れだす。だが涙にはならずに内部にこもってゆくと感じられたそれは、突如として波濤のように猛りだし、音《ね》をあげ、噴きあがる。逆巻く激情を抱えわたしは立ちつくした。

そのときだ。身を寄せ合うYと瑞穂の背後にそっとしのび寄り、影のように立った女がいる。あの娘だ。しどけない浴衣姿で、目鼻の入らない斑のままのドーランの面をこちらに向け、娘はYと瑞穂の間に割りこんできた。残骸の形相をあらわに晒し、それでも娘は何事かを訴えたくて、ここにこうして現われたのだろう。しばらくは静止させていた体をゆらりと揺らし娘は瑞穂の姿に重なる。ぐらりと揺れ、今度はYに重なる。そんな動きをくりかえし、ひと揺れごとに輪郭のないその口許を少しずつ開けるのだった。そのたびに、ワ、ワ、ワワ、と声が漏れる。のっぺりとした面の半分を占めるほどにその口許が大きく開かれたとき、ぽかりとなった黒い穴から、激しく熱いものが吐き出された。燃えあがるすさまじいものが噴きあがった。おぞましい呪い火のような、女の底に潜むはげしく熱い炎のような、たぎり溢れるいのちの風のような、そんな密度のある気体がいっきょにわたしに注ぎこまれるのだった。瞬きもせずに立ちつくした。その風の渦から娘の白い手首がわたしに向かって伸びてくる。何かのメッセージのように。差し出されたそのほっそりした指先が、わたしの額に触れかけた、その瞬間、Yの眼光が鋭く光り、扉は閉ざされた。

予めYによって操作されてあったものなのだろう、エレベーターは勢い階下へ向け落下していった。その急速度の墜落感は、ぎゃくに小気味よい上昇感として意識された。娘から吹きこまれたものがわたしを充たしている。ぞくぞくっとする背筋の震えをこらえた。移動が止み、扉が音もたてずに開く。冷たい空気が一気に流れだした。閉塞感から解き放たれたのだ。見ると、煉瓦色の絨緞が、外部へと向かう燃える花道となって、橋掛かりへと続いていた。

弾ける光を浴びた。

拡散し、いちどきに舞いあがった光の粒子がふたたび静かに舞いおりる。寄り添うように集まり、うっすらと淡く中空に漂よう。なめらかに透きとおったうすい青い膜のなかへ体ごとすべりこんだ。と、一筋の鋭い横笛の音がとどいた。天を突き抜け、高く尾を引く笛の響きを合図に、馴染みのある太い弦が掻き鳴らされる。低く唸り、足許から押し寄せる三線の弦の震えだ。水上の劇場で今奏でられた地謡の音が、拡声器を通して野外へと放たれ、こうしてわたしの許にとどけられているのだった。やがてそれはシマを襲う大波のたゆたいとなって、海辺に佇む者を沖へと誘いだす。拍をうちはじめたそのうねりの流れに、わたしは一歩ずつ身を寄せていった。

シマが、さんざめく夕陽の前に全身を晒す時刻だ。一面朱色に染めあがり、膨らみを見せる横広がりの水の上を欄干のない橋掛かりが渡る。水上に立ちあがるオベリスクは、そこはまるで世界の光の源であるかのように、燦然と輝き、その入口から黄金色がなだれるように溢れだしてくるのだった。

不安定な足を大きく引きずった。ぎくしゃくとしたその動きこそが、ありたけの演技でもあるかのように。

戦争の記憶を抱いて　――あとがきの代わりに

この文章を書き起こしている今日、二〇二〇年六月二十三日は、沖縄戦七五年目の「慰霊の日」である。組織的な沖縄戦が終結した日とされ、県主催による戦没者を悼む式典が、毎年、糸満市の平和記念公園に於いて行われる。沖縄では、この日から八月十五日まで、戦争の記憶を刻む時間の旅が続く。とはいえ、戦争を日常と切り離して生きざるをえない人々にとって、この記憶の旅は公式な行事として形式化し、「六・二十三」は単なる公休日となり、「八・十五」も教科書的な数字になってしまいがちになる現実がある。

一方で、年々戦争体験者の直接の声を失いつつあることに危機感を覚える人々の努力によって、あの悲惨な体験を後世に残そうと、悲劇を繰りかえさせないための戦争の記憶の継承を理念とした活動が、さまざまな形で根気強く行われているのも沖縄という地域の現実である。沖縄で生活してきた者にとって、戦争の集団的記憶を後世に伝えることの意味は、今の時間を此処で生き続けることと同義であって、今を、未来を生きていくためにはどうしても振り返らなければならない出来事が、あの戦争だった、ということである。

　文学においても、事は同じである。「戦争」を素通りして書き手として存在することの困難が書き始めたものたちの心を縛っている、といってもいい。良い意味でも悪い意味においても。「戦争を書く」といっても方法はさまざまで、体験者の直接的表現でなくても、戦争を生き延びた親や祖父母を持つ者が描く世界は、具体的にそれと表現しなくとも、戦争の影は表現の端々に、その背後に、空白部分にさえ、濃く、冷たく、残酷に、痛々しく、そして悲しく漂い続ける。言葉を使う表現行為には、そのような呪縛がいつも張り付き、それから逃げることは難しい。

　じつは、この私も、ある時期からそんな思いと葛藤しながら書き続けている小説家の一人である。そのことをもっとも意識的に格闘した作品が、「月や、あらん」であった。その直接のいきさつについては、最近、新編の文庫版として再版された、在日朝鮮人の詩人・研究者李静和氏の『新編つぶやきの政治思想』（二〇二〇年4月、岩波現代文庫）のなかで、作者への応答文として書かせていただいた。病床にいた私の母が戦時の宮古島で体験した「慰安婦」の記憶を語ったことから受けた衝撃を、娘として捨て置くことができず、ずいぶん悩んだ末、どうにか作品化したものである。それと、その体験以前に、病の床から母の語った話があって、その語りと母の取った行動が、私に、母と戦争の思いがけない関係を意識させた最初の出来事であった。

こんなことがあった。十五年前、末期の骨髄腫が発覚し余命数ヶ月を宣告された母が、危篤状態から、奇跡的に一時小康を得たことがあって、そのときの母の話である。ああ、もう迎えがきたんだね、怖い、苦しい、と思っていたら、枕元に二つの人影が立った。ひとつの影は、同じ病魔に苦しめられ先に逝った義理の姉であることがわかった。もうひとつの影は、兵隊帽を深く被って顔が分からず知った人ではなかったが、二つの影は、同時に、母に向かって、行け行けとばかり手をこちら側へ振りふり、声を揃えて言った。もう少しそちらでがんばりなさい、と。混濁状態から意識が戻った母がそんな話しをしたあと、ああ、と思いついたように言った。あの兵隊さん、あれは、多分、トシオさんだよ、若い兵隊さんだったから、と。トシオさんとは、十九の年に学徒出陣したまま戦死し遺骨も戻らない夫の弟で、現実には会ったことのない義弟の名前だった。その後、最後は家で迎えたいと言って退院を催促した母が、退院の日、娘息子に付き添われ車椅子で向かったのは、糸満市の平和公園に建立された「平和の礎」だった。家に帰る前に、其処に刻まれたトシオさんの名前をどうしても拝みたい、と言って。

普段は、戦時での出来事や戦争にまつわる話など口にしたことのなかった母が、死を前にして語ったこれらのエピソードは、それを書かないでは前に進めない地平へと私を追い込んだ。母を想うことは彼女が私に託したこの語りに応えること、その意味を作品化すること、そう強迫的に考えることで私は書き続けるエネルギーにしたのだった。

「月や、あらん」を活字化するにあたっては、幸運な出会いがいくつもあった。なにより、この作品は、中途半端な長さとまとまりの悪い物語の体裁のため、中央の文芸誌からは見捨てられたまま何年も捨ておかれたのだったが、なんよう文庫の川満昭広氏から書き下ろしで出してあげようという有難いお話が降って沸き、「水上揺籃」と併せ、単行本化することが叶ったのは二〇一二年。その後、韓国で日本文学を専攻し九州大学に留学中だった趙正民氏との出会いの縁で、韓国語に翻訳されるという幸運を得たのが二〇一五年。さらに今回、インパクト出版会からの再版、という望外な出来事は、どこか母の記憶の声がつないだ縁であろうと私は素直に信じている。

二〇二〇年六月二十三日　慰霊の日に

崎山多美

「月や、あらん」――書き下ろし

「水上揺籃」――初出『群像』二〇〇一年八月号

崎山多美（さきやま・たみ）

1954年西表島生まれ。琉球大学国文学科卒。「水上往還」（1988）で第19回九州芸術祭文学賞受賞。同作と「シマ籠る」（1990）が第101回と第104回の芥川賞候補に。作品集に『くりかえしがえし』（1994）、『ムイアニ由来記』（1999）、『ゆらてぃくゆりてぃく』（2003）、『うんじゅが、ナサキ』（2016）で第4回鉄犬ヘトロトピア文学賞（2017）と、『クジャ幻視行』（2017）。エッセイ集に『南島小景』（1996）、『コトバの生まれる場所』（2004）。

月や、あらん

二〇二〇年八月一日　第一刷発行

著者……崎山多美

企画編集……なんよう文庫（川満昭広）

〒九〇三-〇八二一　沖縄県那覇市首里儀保二-四-一A
Email:folkswind@yahoo.co.jp

発行人……深田卓

発行……インパクト出版会

〒一一三-〇〇三三　東京都文京区本郷二-五-一一服部ビル二階
電話〇三-三八一八-七五七六　ファクシミリ〇三-三八一八-八六七六
Email:impact@jca.apc.org
郵便振替〇〇一一〇・九・八三一四八

装釘……宗利淳一

印刷……モリモト印刷株式会社